「捨てなきゃ」と言いながら買っている

岸本葉子

双葉文庫

「捨てなきゃ」と言いながら買っている■目次

「捨てなきゃ」と言いながら買っている

おうちで白髪染め

白髪染めは美容院でしていた。近所にシャンプー・ブロー込みで一八〇〇円の店がある。プロがするので手際よく、かつ完璧。安さもあって月一回は通っていた。

三年ほど経ったあたりで、髪の傷みが気になってきた。トリートメントでつやを与えても、一本一本が細くやつれた感じで、さわるとパッサパサに乾いている。このまま続けてだいじょうぶか？

「私はカラートリートメントにしたよ」。同世代の女性は言った。カラートリートメントって新聞で大々的に広告している利尻のような？　利尻昆布のヌルヌル成分であるフコイダンが髪の潤いを保ち、ダメージを補修しながら染めていけるとか。

関心はあるけれど、立ちはだかるのは放置時間十分の壁。広告にはたしか、シャンプー後につけて「十分置いてすすぐだけ」とあった。私のバスタイムは速攻で、トリートメントの浸透を待つ間体を洗うが、その間五分もないだろう。十分もただ待つなんて、暇すぎる。

それにあれはヘアマニキュアの一種。ヘアマニキュアは前に美容院でしていたが、シャンプーで少しずつ色落ちし、うっすらと白髪交じりの頭になるので、ヘアカラーに替えたのだった。が、「私は完璧に染まっていなくていいから」と知人。「色よりも質感の方で、老けた印象になるなと思って」。たしかに、とうなずく。「十分の壁」問題はあるが、検討することにした。

利尻ヘアカラートリートメントを検索すると、比較サイト・口コミサイトがいろいろ出てくる。公式サイトへ行く前に読みふけってしまった。

そこでつかんだ情勢は、利尻と評価を二分するのが『ルプルプ』。フコイダンを使っているのは同じだが、こちらは利尻昆布ならぬガゴメ昆布で、昆布類最強パワーをうたい、写真では濡らしたオブラートのような透明の膜を両手で左右に引っ張って、ネバネバ度を主張する。放置時間は利尻と同じ十分だ。

「十分の壁」を切っているのが、『プリオール』。利尻対ルプルプの構図に割って入れるならそこ！　と考えてか、放置時間「五分」を積極的にうたっている。染まり方はいまひとつ、の声多し。やはり利尻かルプルプにするか。

ここで私が注目したのはpHの数字である。ルプルプはpH値に工夫が……という一文が比較サイトにあったのだ。

pH値とは酸性やアルカリ性を示す値。美容院でヘアマニキュアを酸性カラーと呼んでいたのを思い出す。調べるとpH値が低い、すなわち酸性であるほど髪は傷みにくいが染まりにくい、高い、すなわちアルカリ性であるほど染まりやすいが傷みやすい。いわゆるヘアカラーはアルカリ性だ。pH値7が中性だ。ルプルプはpH値8の微アルカリ性で、傷みにくさと染まりやすさをぎりぎりのところで両立させているという。利尻はpH値7である。

私の心は『ルプルプ』に傾く。この1の差が染まりやすさの違いでは。放置時間はともに十分だが、『ルプルプ』はそれより多少短くても、利尻と同程度の染まり具合を期待できるのでは。

使ってみたいが店では買えず、通販しかないようだ。公式サイトを見ると、一本が税抜き三〇〇〇円だが、一回に二本が届く定期便だと「毎回一六〇〇円お得！」とある。三〇〇〇と一六〇〇という二つの対比のインパクトは大きい。

買うなら定期便だろうが、二ヶ月ごとに必ず届く、というのはプレッシャーだ。定期便はリスキー。私は歯を白くする歯みがきを定期便で買っているが、使うのが送ってくるのに追いつかず、未開封のが今三本溜まっている。制度上は休止もありだが、フリーダイヤルの受付時間内になかなか電話をかけられない。

ルプルプはメールでも連絡できる。延期も三ヶ月ごとへの変更もでき、さらに発送前にはメールでお知らせがあるそうだ。忘れていたところへ「げ、また来た!」と不意打ちを食らうことはない。

とはいえいきなり定期便は、やはりリスキー。逡巡《しゅんじゅん》していたら、Yahoo!ショッピングでなぜかお試しセットを売っていた。使いきりの小袋三つに専用コーム、シャワーキャップ、耳キャップ、手袋、ケープがついて税込一〇〇〇円、送料無料。お試しすることにした。

受け取って中の説明書を読むと、使いはじめは乾いた髪に塗り、シャワーキャップまたはラップでおおって二十分から三十分置き、それからシャンプーせよとある。最長でも十分、あわよくば十分の壁を切ることを期待したのに、走り出した後でゴールを延ばされた感がなくはない。が、乾いた髪につけられるのは、考えようによっては好都合。風呂に入る前から塗っておけるわけで、待ち時間を有効活用できる。

汚れてもいい黒のインナーを着て、洗面所の鏡の前に。ケープと耳キャップは面倒なので省略。小袋から直接髪につけると、一箇所にかたまりそう。刺身についてきたトレーをパレット代わりにして、そこへ出す。黒っぽい茶色の絵の具のようだ。専用コームは片側が刷毛《はけ》で片側が櫛《くし》。生え際を指で分け、刷毛で根元に塗り、櫛でならして、かつ延ばす。手袋ではやりにくいので外してしまった。

白髪がいちばん気になるのは、生え際から頭頂部近く、耳の脇。塗っては梳《と》かし、さらに掌にカラートリートメントをとり、しっかり押しつける。顔まわりは妙にくっきりした茶色で囲まれ、マンガのおサルのようだ。頭頂部より後ろは白髪がそんなに気にならないので、塗らなくてよしとした。

塗り終えてラップでおおう段。一枚しかセットに入っていないシャワーキャップは「ここぞのとき」にとっておき、ラップにしよう。ラップの箱を取る前に、シャンプーで手を洗う。爪の間や皺《しわ》に色が残るが、後で髪をシャンプーするとき落ちるだろう。

ラップのはしを左耳に合わせ、額を通過し右耳の脇で箱をひねり、切る。食品ならぬ自分を包むのは不思議な気分。このかっこうで二、三十分か。家族のいる人はどうしているのか。

ラップの上から眼鏡をかけメールなどしていたら、三十分はあっという間。この先もずっと乾いた髪にしていくなら「十分の壁」は楽々越えられる。染まり方も、まあまあだ。シャンプー、タオルドライ後、洗面所の鏡に顔を近づけて見れば、根元の白かったところがうっすら茶色になっている。初回としては上々だ。

気をよくしてドライヤーで乾かしはじめ、ふと鏡の端に目をやり、ぎょっとした。斜め後方の壁にほくろのような一点が。わーん、リフォームして間もない、ご機嫌な水色の壁紙にしみが！

シャンプーをつけてこすり洗剤に漂白剤を混ぜてこすり消しゴムでこすりして、どうにか落ちたが、壁紙はそこだけけばだってしまった。姫系のインテリアに白髪染めは危険。でも風呂場では、根元がよく見えないし。

二回目からは、毛先まで梳かしきらず寸止めをすることにした。麺《めん》だって先まですすりきったとき、汁がはねるのだ。

三回試して、これならできると判断し、定期便の二ヶ月コースに申し込む。初回は二本で三〇〇〇円、それに送料と消費税がついて三七八〇円。

使いはじめてつくづく感じるのは、カラートリートメントは色を塗るのと落ちるのとのいたちごっこ。せめて少しでも色持ちのいいシャンプーはないのだろうか……と調べたら、他ならぬ『ルプルプ』から出ていた。初回お試し価格が税抜き二〇〇〇円。電話の方が早いかもと思ってかけると、送料と税がついて二七〇〇円、定期便の次回発送のときに同梱すれば送料は無料になるそうだ。

背に腹はかえられず、初回のみ別に送ってもらう。結構高いシャンプーになる。

ついでにいえば今後はラップ代も高くつく。食品のみに使っていた頃と比べ、ラップの減りは格段に早い。かえってもったいない気がして、「ここぞのとき」にとってあったシャワーキャップの方を使い、洗って再利用したが、三回で破れた。ビジネスホテルにあるシャワーキャップを、「タダだからともらってきて溜め込むのは貧乏たらしい」と思っていたが、今後は積極的に持ち帰ろう。

やがて二回目の発送を予告するメールが。それによると、シャンプーの二〇〇〇円は初回限定価格で定価は四〇〇〇円、トリートメントは二本で定価は一本三〇〇〇円の計一万円、ただし一五パーセント割引の上送料無料で消費税はつき総合計九一八〇円。「お得な」定期便とはいえ、月当たり四五九〇円!?

即座にコース変更し、三ヶ月ごとにした。それでも月三〇六〇円。この前まで通っていた美容院では、ヘアマニキュアなら三二〇〇円だ。ラップ代はなし、壁に飛び散る心配もゼロ、プロの手によりくまなく染められる。後ろの方だって自分は見えないから気にならないだけで、白髪はあるのだ。

美容院に戻ろうか、迷いはじめている。

真実を映す拡大鏡

外出から帰った日。老眼鏡をかけて何やかんやしていて、洗面所にものを取りにいき、鏡を見て驚いた。

私のメイク、ひどいことになっている。

アイラインが、がったがた。目の上側だけ筆ペン式のアイライナーで線を引いているのだが、習字の下手な子が書いたみたいに、太くなったり細くなったり。目を大きく見せたいと、実際の目のふちよりひと周り外側に引いている。その線が離れすぎ、睫毛《まつげ》の根元との間に余白ができているところも。

老眼の私は、メガネなしではこまかい字が読めない。字だけの問題で、他はだいじょうぶと思っていた。が、とんでもなかった。こんなメイクを、平気で人に見せていたとは。

洗面所は、ふだんはメガネを外しているところ。たまたまかけたまま来て知った、衝撃の事実であった。

アイラインを引くときは、メガネをかけるようにした。レンズと顔との隙間に、斜め上から差し入れる。

が、レンズがじゃまで筆がうまく動かせなかったり、誤ってレンズに筆先を突き立ててしまい、レンズを黒く汚したり。

拡大鏡があればいいのでは。数年前に出張で泊まったシティホテルで、幸運にもいい部屋にアップグレードされたとき、洗面所に備わっていた。布巾掛けのような棒で壁に取り付けてあり、引き寄せて使える。

そのときは必要性を感じなかった。「鼻毛を抜きたい人のためにあるのか。ホテルに泊まって、しかもこんなゴージャスな部屋で、わざわざ鼻毛を抜く人なんているのか」と一瞥《いちべつ》したのみ。

あれこそメイクのためだったのだ。

家庭用のもあるのかどうか、調べよう。単に「拡大鏡」で検索しては、ルーペとか顕微鏡とか理科の実験道具のようなものまで出てきそう。「メイク　拡大鏡」をキーワードにAmazonで探すことにした。

半信半疑の検索だったが、意外にもたくさん表示される。ホテルにあったような壁付け式。脚と台のついたスタンド式。どこに取り付けることを想定しているのか不明だが、洗濯バサミに似たクリップ式。吸盤式。手鏡式。コンパクト式。倍率も、二倍、三倍、五倍、七倍、十倍、十二倍とさまざまだ。

こんなに多種多様な中から選べるとは。メイクに拡大鏡を使う人が、それだけ多いということだろう。

形状から絞り込む。手鏡式、コンパクト式はまず消える。まぶたがたるんで下垂ぎみの私は、アイラインを引くのに、もう片方の手でまぶたを持ち上げないといけない。両手の使えぬものは不向き。

壁付け式は、せっかくきれいな水色で仕上げた姫系の壁紙に跡がつくと残念だ。たるんだまぶたで姫系もないものだが、そこは突っ込まないでほしい。

鏡につける吸盤式がいいだろう。今もメイクは鏡に目を近づけ行っている。

吸盤式に絞ると、倍率は、三倍、五倍、八倍があった。手はじめに三倍にしよう。

価格の安い順に並べるが、送料との合計で比較しなければ。割れ物だから梱包の仕方によっては、思いのほか送料のかかる可能性がある。

送料との合計で一二六八円のものにする。スタンド式、壁付け式を含む全体では、一万円台のものもあったから、安くすんだ方だろう。

届いて箱から取り出すと、指を広げて持てる大きさ。倍率と価格に気をとられ、サイズを詳しくチェックしなかったが、直径は一三センチ弱だった。裏の中央に吸盤がひとつ。洗面台の鏡に押しつける。

覗き込んで、わっとのけ反りそうになった。

私の顔、ひどいことになっている。

届いた日はノーメイク。メイクがひどいのではなく、顔の状態そのものが、である。

まず眉がぼっさぼさ。一応、整えてはいる。気がついたとき、眉の輪郭線からはみ出た毛先をハサミで切って、輪郭線から離れたところに生えた毛をピンセットで引き抜いている。が、あまりに場当たり的。

刈り込み方がランダムで、輪郭線から出たり入ったり。抜きもらした毛が、あちこちにあり伸びている。メイク以前の処理ができていない。

言うとすかしているようだが、私はヘアカットはセレブなサロンでしてもらっている。女性誌の体験取材で行き、カットが上手だとこんなに長持ちするのかと驚いた。以来、三ヶ月くらい間があいてしまってもいいから、カットだけは頑張って、そこへ通おうと。店のオーナーでもある先生に、指名料を払ってお願いしている。表参道に店を構え、女優さんの撮影のときのセットやショーも手がける人だ。

あの先生も、いつもメガネをかけている。カットの毛先の細部まで見えるようにだろう。当然眉も視界に入ってくるわけで、「自分にカットを頼むなら、その眉をなんとかせよ」とは、優しい先生だからおくびにも出さないけれど、私が逆の立場なら思いそう。

眉のようすはショックであった。そして毛穴のありさまも。

女性誌の美容特集では、毛穴の開き問題がよく取り上げられる。そのたびに「そういう悩みが皆さんあるんだ。私はそんなに気にしていないな。食生活が健康的なせいかな」などと優越感、とまでは行かないが、自分はセーフという安堵感にひたっていた。

が、毛穴問題がないのではなかった。あるのに見えていなかっただけ。そしてシミも。私のしてきたUVケアはなんだったのか。

拡大鏡はメイクの意欲を失わせるのに充分であった。

「見なければよかった」の世界。三倍でもこれほどショックなのに、十倍とか十二倍とかを使う人はすごいと尊敬する。よりよく見えるようＬＥＤライト付きのものまで、Ａｍａｚｏｎにはあったのだ。皆さん、どう耐えるわけ？

Ａｍａｚｏｎでもう一度「メイク　拡大鏡」を出しレビューを読めば、「覗くとぎょっとします。逃げている現実にぶつかります。でも、自分と向き合い、綺麗になろうと努力する鏡かもしれません」と殊勝に述べる前向き派。「毛穴の一個がはっきり見えるのが怖いくらい楽しくて、時間を忘れて見入ってしまいます」という怖い物見たさ派。

商品名に『真実の鏡』とつけているものもあり、ブラックなセンスに、頬をひきつらせて笑った。半円の枠に取り付けた回転式の両面鏡で、片面は等倍、片面は五倍。ＬＥＤライト付き。くるっと裏返したそこに浮かび上がるのは、別の人。白雪姫の継母の胸をえぐった魔女がひそんでいそうである。

メイクの意欲を失わせるに充分と書いたが、それはショックの一表現であって、メイクはする。メガネをかけてアイラインを引くより、たしかに便利。レンズがじゃまにならないし、何よりもよく見える。

三倍ズームにしてみて、それまでのメイクがいかに雑だったか、よくわかった。アイラインなんて、あてずっぽうで引いていただけ。

ひと周り外側に描き、目を大きく見せようという下心は捨てた。変にカーブをふくらませたり、長く引っ張りはね上げたりすればするほど、冗談みたいなメイクになる。睫毛の一本一本の根元を点とするならば、点をつないでいくのみだ。

アイメイクのこまかな作業が終わり、後はふつうにファンデーションをはたいてから、なにげなく頬を拡大鏡に映して、またのけ反る。ものすごくまだら。大福餅にまぶした粉のよう。ここまでアップで肌を見る人はいないだろうが、質感には影響しそう。

下地クリームの塗り方からして、適当すぎるのか。メイクの意欲を完全に失わせるには至らぬが、これまでのメイクへの過信を失わせるに充分だ。

拡大鏡のサイズは、これでいいのか考えどころだ。直径一三センチ弱だと、拡大鏡の内と外とが同時に視界に入り、焦点を合わせるのにとまどって、乗り物酔いに似た症状をおぼえることがしょっちゅうだ。

吸盤式もベストなのかどうか。メイクする目を確実に、拡大鏡の中にとらえるには、洗面台に乗り出して、相当顔を近づけねばならず、ぎっくり腰になりそうだ。落ちて洗面台の上で割れても始末に悪い。

サイズを上げて、スタンド式にすることに傾く。

倍率そのものも、しだいに物足りなくなってきた。産毛に近い細い眉毛を抜こうとするときなど、ピンセットの先ではさんでいるつもりでもうまく取れず「もっとよく見たい！」ともどかしく感じる。老眼が進んでいるのだろうか。

五倍のに買い替えたいが、今よりもっと恐ろしい真実が待ち受けていそうで、踏み切れずにいる。

酵素玄米を炊いてみる

知人から本が送られてきた。『はじめての酵素玄米』（キラジェンヌ刊）なる料理本。知人は、これを読んで酵素玄米を食べはじめたらしい。先日会ったとき「すごくいい」と絶賛していたが、その場の話題に終わらせず、本格的に私にすすめているようだ。

酵素玄米の噂はよく耳にする。玄米と小豆を炊いて「熟成」させたもので、芸能人やモデルさんの間で流行《はや》っていると。

本では玄米を発芽させて炊くことをすすめている。雑穀も入れればさらにいいらしい。これによって人生が変わったという人々が登場する。頑固な便秘に悩まされていたのが、お腹もお肌も絶好調。お米を変えただけでみるみる痩《や》せた、など。

「そんなにいいもの、どうやって作るの？」と思うでしょう。私も思った。早く知りたいので、体重や体脂肪率がこまかく載ったダイエットレポートのページはとばし、先へと急ぐ。

はじめに言うと、この本も後に出てくる商品の取説も、せっかちな人には忍耐の要るものだ。酵素玄米がいかに体にいいかについての多分に同語反復的な説明、事例、献立例、野菜のおかずレシピなど、たくさんのページの中から、該当箇所を探さないといけない。

作り方は、圧力釜か炊飯器の玄米モードで炊いた後、炊飯器で保温しておく。「乾燥してがびがびになりそう」「腐りそう」と思うでしょう。私も思った（アゲイン）。先日知人から聞いたときもそう考えて、さしたる関心を持たなかったのだ。

本によると、それは通常の炊飯器の話で『なでしこ健康生活』という機種なら、発芽から熟成までスイッチひとつ。炊飯器に入れっぱなしで十日間はおいしく食べられるという。つまりはそれを買えばいいんだな。

ショッピングサイトで商品名を入力しかけて、「ちょっと待て」。本の著者は「なでしこ健康生活」。読んですぐ同名の商品を買うなんて、あまりに直接的すぎないか？ここはひとつ思慮深く、他にも酵素玄米を作れる機種がないかを探す。「酵素玄米炊飯器」で検索すれば、やっぱりね。ありました。その名も『酵素玄米Pro2』。酵素玄米専用とうたっている。

商品説明は思いがほとばしりすぎていて、せっかちな私はここでもつまみ食い的に読む。要するに、長年の研究をもとに徹底的に追究して、独自の酵素玄米専用炊飯プログラムを開発した、「当社渾身の特許技術」。流行りにのっかり昨日や今日にはじめたわけではないんだ的な誇りと魂みたいなものを感じる。

しかし外観が……。ごろんとした武骨な形。ボディは白だが、中央の操作パネルや蓋《ふた》はまっ黒。操作ボタンは、はっきりとした漢字。なんというか、『俺の豆腐』『男の鍋焼きうどん』といった食品（イメージであり、正式な商品名ではない）に通じる侍《さむらい》系だ。十日間保温するから、その間じゅう部屋のどこかに置かれているわけで、これだと暑苦しくないか。台所ではじゃまで洗面所か寝室に置くことも考えられる。わが家の姫系のインテリアにこれはつらい。

対して『なでしこ』（以下そう略す）も丸くはあるが、前後がやや細身のカーヴィーなライン。白いボディに蓋と操作パネルはパールピンクと、さすが女子受けしそうに作ってある。お値段はほぼ同じで、定価が六万いくら、割引で五万円を切るくらい。

『なでしこ』対『侍』（と呼ぶ）か。インテリアの一部としてハッピーなのは、あきらかに前者。しかし軟弱な理由で決めてはいけない。見た目より中身だ。後者には一日の長がありそう。『なでしこ』が一台四役をうたっているのも気にかかる。圧力調理やパンの発酵や焼くこともできるそうだが、虻蜂《あぶはち》取らずにならないか？　この道ひと筋に歩んでいる後者の方に軍配を上げたい。

「侍」に決めかけ、挫折の可能性にはたと気づいた。酵素玄米の習慣が根付かなかった場合、四万いくらは痛すぎる。熟成なしで、発芽玄米を炊くだけなら、うちにある炊飯器でできるのだ。一台四役なら逃げようがある。炊飯器でパンを焼きたいとは今は思わないけれど、もしものときの保険にはなる。専用機種は避けるが賢明。『なでしこ』を購入する。送料込みで四万九八〇〇円と、私の最近の買い物の中では大きい。

後でネットショップの商品説明をよく読めば『侍』でも圧力調理はできるとわかった。私の早とちりであるが、専用を強調したうたい方のせいもありそうだ。

待つ間、期待感から『なでしこ』の公式サイトを開き、どきっとした。公式サイトと正規販売店以外で購入した商品は、メンテナンスや修理対応をしないとして、私の買ったショッピングサイトも名指ししている。

楽しい気分に冷や水を浴びせられた。炊飯器はパッキンや内釜のコーティングが劣化する。ルンバの二の舞になるのでは。詳しくは『買い物の九割は失敗です』（双葉文庫）に書いたが、ルンバもネットショップで安く買い、メンテナンスを受けられずにいる。が、すでに注文してしまったものは仕方ない。

やがて到着。商品の箱の一部に紙をかけただけの簡易包装だ。箱の側面の「美と健康づくりのための炊飯器　なでしこ健康生活」という字が堂々と見えており、佐川男子に対して恥ずかしい。受取時の私は、眉も引かず唇も地の色でぼけぼけの顔。「この顔で、なでしこ？　このおばはんが美と健康をめざすのかよ」と呆れ返る……暇は、忙しい佐川男子にはないか。

取説を抜き出す。これが、さきの本同様、なでしこ健康生活を早くはじめたい人間には、なんとももどかしいものなのだ。何はさておき「酵素玄米の炊き方」を探すが、えっ!?　目次にない。あるのは「発芽玄米の炊き方」まで。続きは「おいしく保温するには」を見ればいいのかと、そのページを開いて再び、嘘でしょ!?　と、のけ反った。

「ご飯が変色して臭いがすることがありますので保温は十二時間以内にしてくださ
い」「雑穀、玄米は白米に比べて味が落ちるのが早い為、なるべく保温は避けてくだ
さい」。

あの本を見てこの炊飯器を買った人は、絶対混乱すると思う。熟成まで失敗なくできるんじゃなかったの？　本であれほど誘導しておきながら「これはないでしょう」と言いたい。

取説ではわからず、本の方で作り方の詳細を調べた。せっかちな私も、ここは落ち着いて取り組むべく、諸事を済ませた就寝前に。玄米四合、小豆五分の一カップを洗い、水千ミリリットル、塩小さじ半分を加える。雑穀がなければなしでいいようだ。次の工程でみたび目を疑った。泡立て器でゆっくりと右回りに八分ほどかき回す？八回の見間違いではと思った。

なぜに八分？　それについても一三〇ページ近いこの本のどこかに書いてあるのだろうが、とにかくレシピに従おう。泡立て器で円を描くように混ぜる。

八分は長い。キッチンタイマーをセットし、テレビのニュースを見ながら行うが、なかなか鳴らない。腕は痛くなってくる。水千ミリリットルはそれだけで一キログラ

ム。米や豆の重さも加わり、泡立て器にかかる抵抗はけっこうある。

八分には何らかの根拠があろうけど、右回りなのはなぜ？　左回りではいけないの？　どうしてもおまじないっぽく思えて、身が入らない。

混ぜ終えて内釜をセットし、操作パネルの「メニュー／選択」ボタンを押すと「発芽玄米、確認ボタンを押して下さい」。はっきりとした女性の声が言い、夜中のことで驚いた。薄い壁の集合住宅ならご近所をはばかるほどの音量だ。これも調節する方法がどこかに書いてあるのだろうけど、八分混ぜで疲れた今は、探す余力ももうなくて。

翌朝、蓋を開けてみればまだ、ふつうに炊いた玄米ご飯に小豆の載った状態だ。保温を続け三日目からが食べ頃という。その間一日一回はかき混ぜるのだが、腐ってくることはなかった。

操作パネルの保温時間の表示が八十を超えたあたりから、蓋を開けた瞬間の香りがあきらかに変わった。饐《す》えた臭いではない、味も香りも、そして色も赤飯のそれを深くしたような。食感は粒々がありながら、もっちもち。糯米《もちごめ》を炊いたっけ？　と錯覚するほど。これまでもよく食べていたふつうの発芽玄米のご飯が、物足りなくなりそうだ。

『なでしこ』を買ってから、すでに四回炊いている。美と健康への効果は今のところ不明だが、この味は癖になる。

ただし八分混ぜは、やっぱり負担。酵素玄米の習慣が先々まで根付くかどうかは、この壁を乗り越えられるかどうかにかかっている。

ベレー帽デビュー

夏は日よけのためにはかぶるが、冬の帽子は未体験。先日長野県に出張したとき、同行した年下の女性がニット帽をかぶっていた。

白っぽいケーブル編みで、てっぺんには毛糸のポンポンがついていて、童話にでも出てきそうなかわいさ。小顔にも見える。その出張では屋外にいることが多く、冷たい風が終始吹き、体温は頭からも奪われていくことを知った。保温と小顔効果を期待して、私も冬の帽子に挑戦しよう。

出張の帰り、列車を降りた新宿駅でさっそく見に行ったことからも、すっかりその気になっていたことがわかろう。地下鉄への連絡通路に帽子店があった。こんな人通りの多いところに帽子だけの店を出すとは、帽子は流行りなのだろうか。店内は若い男女でごった返し、万引き防止センサーまで設置してある。カップルの間を縫うように奥へ。

あった。出張の同行者のものとそっくりなニット帽。

頭に載せ耳まで下げて、近くの棚に鏡を探し、覗いてみて愕然《がくぜん》とした。似合わない。ニット帽のふちから頬の贅肉《ぜいにく》がはみ出して、下ぶくれになっている。自分は面長という認識でいたが、実はこんなに丸かったのか。小顔効果どころか大顔に見える。ふだんはトップの髪をブローでふくらませ、無意識に顔のボリュームとのバランスをとっている。その髪を押さえつけてしまうから、ありのままのフェイスラインが露呈するのだ。

同行の女性は、よくあんな小顔に見えていたものである。パーツごとに思い出せば、鼻筋が高く、顎はすっと細まっていた。もともとが小顔なのだ。

「いかがですか?」と声をかけられ振り向けば、後ろにいた二十代とおぼしき女性店員も、モデルかと思う八頭身。「いえ、あの、うーん、ちょっとイメージと違ったかも」。狼狽した私は、脱いだ帽子をその手に押しつけ「ごめんなさあい」となぜか詫び、逃げるように店を後にした。通路を足早に歩きながら「私には帽子なんて」という卑屈な叫びが、胸にこだまする。

が、そこで諦めないのが私の身上。帰る道々考えた。あれは店選びが悪かった。若者の街、新宿で覗いてみたのが間違いだった。本気で見るなら、まごうかたなき大人の街、銀座だ。

銀座に行く用事のあった日に、表通りを歩いていると、間口の狭い帽子店が。ウィンドー内にあるのは紳士物がほとんどだが、ひとつだけ婦人物らしき赤いベレー帽が飾ってある。

思いきって扉を押せば、中国人の熟年カップルがいて、ちょうどショーウィンドーの赤のベレー帽をむんずとつかんだところだった。他の帽子と取っ替え引っ替えかぶりつつ、声高に喋り合う。女性店員が接客にあたっているが、口を挟もうにも挟めず、帽子の扱いに気が気でないようすが見てとれる。

ここで私のよくない性格が現れた。

私はかっこつけである。とり澄ましているともよく言われる。このときも「帽子についてはシロウトだけど、困った客ではありませんよ」と示したい気持ちがはたらき、奥にいた店主らしき男性の前へ静々と進んだ。「はじめての帽子なんですが、選び方を教えていただけますか」。あくまで謙虚に申し出る。「ショーウィンドーの赤のベレー帽がいいなと思ったんですけど、コートはこういう形のものばかりで」。着ているコートを指す。ボリュームカラーといわれる大きな襟《えり》は、首回りで外へ折り返す形で、それも小顔効果を狙ったものだ。

老舗《しにせ》のぼんぼん顔にほうれい線が二本加わり、若旦那と呼ばれる頃をそろそろ過ぎたくらいの店主は、いかにも銀座らしい落ち着いた物腰、低めの声、慇懃《いんぎん》な言葉づかいでもって「私からご助言を差し上げてよろしいですか」。くーっ。「お願いします」「たとえばこれなど」。ワインレッドの中折れ帽を棚から出してくる。もう慇懃合戦みたいになって私は「どこを持ったらよろしいですか」。受け取る前に教えを乞うたものである。

左右のふちを持つそうだ。

鏡の前でかぶってみれば、意外にもそう変ではない。中折れ帽は紳士物のイメージだが、つばによって相対的に小顔に見えるし、コートの襟のボリュームとのバランスも、まあまあいい。英国製のフェルトとかいうが、そのあたりの語句になると、無知すぎる私の耳には残らなかった。

もうひとつすすめられたのは、やはり赤系のハンチング。ハンチングはそれこそ男性のイメージだが、これも思ったよりは変でない。さすが帽子のプロの助言である。こちらはイタリアの生地とのこと。説明を聞き流しつつ鏡を熟視し続けると、やっぱり中性的すぎてコートの形と合わないような。小顔効果も、全方位につばの張り出た中折れ帽の方がある感じ。「最初におすすめ下さったのがいいように思います。参考までにお値段は」。参考どころかかなり重要な情報なのだがそう聞くと、「六万……円でございます」。「六万」のところで思考停止し、あとの数字が素通りした。

驚きをおくびにも出さず、「そうでしょうとも」という雰囲気で深くうなずき、「ありがとうございました。検討いたします」。あくまで優雅な身のこなしを保ちつつ、中国人カップルの後ろをすり抜け、店を辞す。

はーっ、汗。演技するのに疲れてしまった。帽子に六万は、私にはないわー。かっこばかりつけて一円も払わず出ていく私より、大枚を落としていく中国人カップルの方が、ずっと上客だろう。

汗がひいてから思うに、タッチの差で中国人が試着し結局手放さなかった赤のベレーが、実はいちばんいいのでは。中折れ帽も悪くないが、帽子というのは脱いだ後のことも考えなければ。つばがあると持ち歩くのに不便。ベレー帽は勝手がよさそうだ。

どんな店でも恥をかきながらも、収穫はある。漠然と「帽子」だったのが、ベレー帽に定まってきた。

そうこうするうち地元のデパートにベレー帽の店が出現した。たまたま行くと一階のエスカレーター脇にベレー帽が並び、ベレー帽をかぶった男性が接客中。お客さんとの話によれば、フランスの会社のもので期間限定の出店らしい。数ある中でもっとも無難な円形のものに目が行く。つばがなくても、頭周りにゆとりがあれば、なんとか小顔に見えるのでは。接客を終えた男性が来た。

「はじめての帽子なんですが」。そこまでは銀座の店での台詞《せりふ》と同じだが、続きはもっと踏み込んだ。「できるだけ小顔に見せたいんです」。「でしたら、たとえばこれなど」。店員さんのすすめる、耳の上にプリーツをとった赤をかぶり、鏡の前へ。

そのとき気づいた。新宿の店も銀座の店も、暗めであったことに。デパートの一階はまばゆいばかりの明るさで、肌の欠点が否応なしに映し出される。乾燥するくせに変に汗ばむ暖房シーズン、毛穴は開き、ファンデーションは剝《は》げてまだらに。顔の形状のみならず、質感の現実にも向き合わされた。

その動揺は、私に判断力を失わせるに充分だった。帽子を頭に載せたまま、愕然としている私を、ベレー帽の男性はさまざまな角度から見て「お客様、はじめての帽子とは信じられません」。同じ姿に対しての自他の評価の差にとまどう。「お客様なら、思いきってこんなものも」。銀座の店の主人に負けない慇懃さとソツのない動きでもって、次々と出してくる。フェルトの花を縫いつけたもの、リボンつきのもの。飾りつきの方がボリュームが出て、小顔効果はあろうけど、帽子のおしゃれさと顔の質感の現実とが、乖離《かいり》していくのがつらい。

「すみません、やっぱりいちばん無難な形にします」。思わずそう言ったのは、傷口をこれ以上広げたくない焦りと、すでに何種類も試着して引っ込みがつかなくなっていたせいもあろう。

無難な形の中で色ももっとも無難なグレーにした。税込みで一万四〇〇〇円。銀座の中折れ帽よりは安いが、財布に痛い額ではある。

家に帰ると袋の中には、フランスの会社で作ったらしいカタログのカラーコピーが入っていた。モデルはヨーロッパ映画の女優さんのような人ばかり。私の買った形のまさに同じ色のもあった。トレンチコートの上にグレーのベレー帽、女諜報員のようでかっこいい。

水平にかぶらず、斜めに傾けるわけか。右を立てて、左を下へつぶす感じで。髪の分け目との関係もある。私はどっち？

洗面所の鏡の前へ行けば、そこにいるのは平たい顔。着用例の写真とは骨格からして違うのだ。

このまま値札を外さずに買取店に持っていく考えがちらとよぎるが、いえいえ、それは敗北の思想。生かす道は必ずあるはず。かぶり方を、まずは研究することだ。それまでの間はと、クローゼットにしまってある。

スティック型掃除機

近所の家電量販店へ延長コードを買いにいった私は、レジを待つ列にいる間、周囲をぼうっと眺めていた。レジ向かいの目立つ売り場に、ダイソンのスティック型掃除機が並んでいる。ダイソンとわかるのは、この階まで上がってくる間も、ポスターで盛んに宣伝していたからだ。

あの辺には以前はたしかロボット掃除機がうごうごと回っていた。コードレス掃除機でも今は、スティック型が主流か。

特設パネルに取り付けた充電ホルダーに掛けてある姿を見て、ふいにわが家の箒《ほうき》が頭に浮かんだ。壁のフックに吊るしてあるのだ。

それが浮かんだ背景には、わが家の掃除機事情がある。掃除機は二つ持っており、一つは『ルンバ』。これはもう絶望的にとろい。リビングひと部屋掃除するのに、いつまでも行ったり来たり。ごみがすぐそこにあるのに直前で向きを変えたり、吸いきっていない埃《ほこり》の塊を、ペットの脱糞《だっぷん》のごとくカーペットに落としていったり。とても見ていられないので、留守中だけ走らせることに。帰宅すればスタート地点からいくらも進まないで、カーペットのはしがめくれた程度の、なんてことない段差につっかえて止まっている。

そのうち充電器に載せても無反応になった。そもそもネットで人に嫉妬されるほどの安さで買ったので、正規に購入すると付いてくるというメンテナンスサービスを受けていないのだ。

その後、何かの拍子に再び充電できるようになったが、いつどうなるかわからぬ危うい状況。パフォーマンスの低さは相変わらずだ。

もう一つは、キャスター付きの本体とコードを引きずっていくキャニスター型掃除機。これはよく吸う。が、使う前後が面倒。玄関のくつ収納の四分の一をつぶしてしまっているのだが、取り出してノズルとホースとヘッドをつないで組み立て、使い終わったら解体し、ホースを巻いてノズルを斜めにして、無理やり押し込み……。ごみに気づいたら、ついつい箒でぱぱっと掃くようになる。フローリング部分のみならず、カーペットやラグの上もそうだ。

そのとき箒の代わりに掃除機に吸い取らせれば、どれほどきれいになるだろう。スティック型掃除機なら、壁から箒を外してくるのと手間は全然変わらないのだ。

ダイソンの売り場に行くと、店員が声をかけてくる。予備知識なしで来たので選び方が全然わからないと言うと「サブとしてお使いですか。それともメインで？」。

もしも買うならメインである。今の箒の役割と同時に、キャニスター型掃除機の役割も兼ねさせ、くつ収納の四分の一を占めているあれを、処分したい。

「メインとしての吸引力を求めるならダイソンです」と店員は言う。四時間の充電で二十分の運転が可能だそうだ。

二十分と聞いた瞬間「短い！」と思った。キャニスター型掃除機を使うとき、どれくらいかけているかはわからないが、気持ち的には小一時間の労働だ。二十分だと、途中で切れる。続きを再開するのに四時間待たないといけないなんて、やる気を削ぐこと甚だしい。

「まあ、吸引力があれば同じところを何回もかけないでいいから、短い時間ですむという面もありますが」と店員。身びいきの私は、その言葉にうっすら反発をおぼえる。

うちのキャニスター型掃除機は優秀なんですけど。民宿で使われていると、「通販生活」のカタログに書いてあったくらいなんですけど。

が、いくら吸引力が強くても、使わなくては仕事率はゼロである。

店員によると、スティック型掃除機の運転持続時間はだいたいどれも二十分程度とのこと。「次に掃除機をかけたとき、所要時間を正確に計ってから来ることにします」と言ってその場を後にした。が、それですぐ計れるくらいなら、スティック型掃除機は要らない。なかなか実行に移せないのが問題なのだ。

スティック型の宿命ともいうべき「二十分の壁」をどう考えるか。

たしかに、掃除機をかける時間そのものは、そんなに長くないかもしれない。組み立ててコンセントに差し込み、本体がどこかにひっかかって動けなくなっているのを連れ戻し、通れるよう椅子をどけたり、テーブルの下をくぐらせたり、限度いっぱいになったコードを抜いて別のコンセントに差し直したり、解体、収納、それら全ての作業を合わせた負担感が「小一時間の労働」なのだ。

仮に二十分でいいとして、ダイソン以外の機種もチェックしよう。帰宅後ネットで検索すると、五社の商品をガチで比較しているサイトがあった。ダイソンを含めた有力メーカー五つの上位機種の新品を、このために購入したそうだ。

そこで見たのは、ある意味ショッキングな画像であった。黒っぽいカーペットにまっ白な小麦粉を撒き、ブラシでなじませたところへ、五つを同じ秒数往復させる。するとダイソンだけはっきりと、黒い道が出来ている。これほど歴然と差がつくとは。掃除機は吸ってなんぼ。これはもうダイソンを買わざるを得ないではないか。

そう決めて、知人へのメールに余談として記す。ダイソンのスティック型掃除機を買うことにし、仕事が早く終われば今日にでも店へ行くつもりだと。

電光石火というべきタイミングで返信が来た。「スティック型掃除機なら、私はこれを使っています」と。エレクトロラックス社の『エルゴラピード・リチウム』。以下エルゴと略す。

知人は猫を飼っていることもあり、スティック型掃除機は何台も試した。いちばんの問題は重さで、エルゴは軽いと。スティック型掃除機は、ざっくり言ってモップに似た形だが、ネットで商品画像を見ると、バッテリーやダストケースを搭載した部分が、エルゴは床に近い方にある。ダイソンはそれが上の方にあり、重心が高くふらつきそうで、不安定なのを支えねばならずそのぶん手が疲れるだろう。

エルゴはネットの五社機種比較の中にあった。そこではダイソンより劣っていたが、猫の毛を毎日掃除する知人は、吸い込みはダイソンよりいいと感じているそうだ。実験の結果と異なるが、カーペットに小麦粉をすり込むのと、毛が落ちてからむのと、日常生活でどちらがありそうかといえば、後者だろう。

調べるとエルゴは、知人が使っているものよりさらにパワーアップした機種が販売されていて、そちらは運転持続時間がなんと四十五分に延びている。スティック型掃除機の宿命とも思っていた「二十分の壁」が、それだと完全に取り払われる！

近所の店で、四万二九八〇円にて購入。ネットでは一万円安く買えると知ってはいたが、『ルンバ』で懲《こ》りて、安全策をとった。それにリアル家電店では、社員の教育や福利厚生にもお金がかかる。単純に価格だけを比較しては酷だろうと、義侠《ぎきょう》心《しん》を起こしたのだ。

この買い物は大当たり。吸引力で世評の高いダイソンを忌避したことから、少々弱くても許すつもりでいたけれど、期待以上だ。リビングのカーペットを掃除しただけで、「CM映像か？」と思うくらい取れている。ダストケースは台形に似たカップ状をしているのだが、綿埃が詰まって、その形の固形物と化したものが、ぱかっと外れるほどである。

それまで気になったごみを箒で掃くくらいで、ろくな掃除をしていなかったせいもあろう。が、二回目以降も「今日は米粒とか砂粒とかの塵《ちり》だけで、綿埃はないでしょう」と思うときも取れている。

この仕事ぶりに比べれば、『ルンバ』のすることなんて掃除のまねごと、ちゃんちゃらおかしくて、という感じになる。脱衣所に敷いてある安物のラグなんて、かけるたびにごっそりと毛が抜けており、このペースで吸い取られ続けては、遠からず消滅してしまいそうだ。

充分にメインたり得る。キャニスター型掃除機はタイミングよくもらってくれる人が現れ、心おきなく手放せて、空きスペースにくつを入れられるようになった。

収納も場所とらず。ちりとりほどの小ささの充電台を床に置いて、そこへ挿《さ》すだけ。部屋の隅に立ててカーテンで隠せば、掃除機が出しっぱなしになっている感はまったくない。ダイソンは壁に充電ホルダーを取り付けるのと、バッテリー搭載部が上の方にあるのとで、室内でかなり存在を主張しそうだ。

エルゴがうちに来て以来、「私ってこんなに掃除好きだったのか」と驚いている。

ごみを見つけたら箒で取り除いていたのを、そのたび掃除機をかけるのだから、きれいになるわけである。『ルンバ』も処分し掃除機はこれ一台でいいと思うが、早まらずもう少しようすを見よう。

ちなみに価格は、半月後に店に行ったら一万円近く下がっており、あえてネットより店を選んだ私は、軽く裏切られた思い。「い、いいの、それでも私はリアル家電店を応援するの」と自分に言い聞かせている。

回して回してフラフープ

まさかこんなものを買うことになろうとは。フラフープ。輪の中に入って腰で回して遊ぶアレである。

何でそういうことになったか。喩《たと》えれば試験前で勉強しないといけないときに限って、全然関係ないマンガなんかが読みたくなる、あの心理。

その日は、家のパソコンで仕事の調べ物をしていた。凝った肩を交互に叩き、ふと思い出したのが、この前テレビで見た水野裕子さんという女性。釣り番組に出ていたのだが、二の腕を盛り上がらせて竿《さお》を握り、巨大な魚と格闘していた。「あの人、いったいどんな人?」。急に知りたくなったのだ。

突然の欲求に応えられるのがパソコンのこわさ。なんと元グラビアアイドルで、細マッチョな体型に自分で改造したらしい。その水野さんが空き時間にしているのが、フラフープ。一般の腹筋運動よりも、お腹周りの脂肪をピンポイントで刺激するという。

自分のお腹に目をやった。パソコンの前に座っている今も、パンツの上にたるんだお肉が乗っている。脇腹の肉も余ってゆうにつまめる。加圧トレーニングには通っており、運動をしないわけではないけれど、水野さんにならってピンポイントで攻めるべきでは。

さらに調べると、フラフープダイエットなるジャンルがすでに確立されているらしい。脂肪への刺激だけでなく、インナーマッスルを鍛え、有酸素運動にもなり、その上骨盤の歪みを整え、便秘も解消すると、いいことずくめ。週三〜四回、一回あたり十分でいい。十分で約百キロカロリー燃焼し、ジョギングに匹敵する運動量であるとのこと。

フラフープなんて、日常の語彙《ごい》に存在しない言葉である。私の認識では、昭和の昔に流行《はや》った遊び。ニュース映像で子どもたちが、プラスチックのチャチな輪っかを回していた。が、今はれっきとしたエクササイズ用のがあるそうで、水野さんもそちらを薦めている。子ども用のは軽くてかえって回しにくく、運動効果も劣るという。

Amazonの「スポーツ&アウトドア」のカテゴリーで見てみると、たしかにあった。フラフープに絞っても百五十件近く。単純な円から、内側に凸凹のあるもの、マッサージ効果をうたう指圧ボール付きのものも。

スポーツ用品は実はこれまでも結構買っている。ストレッチポール、ヨガマット、バランスクッション、早々と挫折したので思い出さないようにしているが、足首に巻くアンクルウェイト。あれは小さいので処分しやすかった。

フラフープとなるとそれなりに大きい。やらなくなったとき家庭ごみの袋に入らないし、室内でも場所をとる。スポーツ用品の例にもれず、商品写真はいずれもハデだ。部屋の中にハデな色が常に出ているのは落ち着かない。

が、説明をよく読み組み立て式と知り、ハードルはぐっと下がる。解体収納できるなら、何色だって構わない。

後は形だ。水野理論によるならば、何らかの突起のある方が脂肪を刺激して効果的だろうが、その分価格もやや高めだ。まずは基本のものではじめ、さらなる効果を欲したらバージョンアップするのでいいのでは。

もっともポピュラーと思われる売り上げ一位のものにした。『鉄人倶楽部　シェイプアップフラフープ』。単純な円で、赤と青の二色が交互に継ぎ合わさっている。水族館のショーでアシカがくぐるリングを思わせる。お値段は一九七〇円。フラフープの中ではとっつきやすい方だ。

注文を終え、われに返る。いけない、三十分も費やしていた。三十分前の私はフラフープを買おうなんて、つゆほども考えていなかったのに、おそろしや。ぶるぶるっと肩を震わせて、調べ物に戻り夜が更ける。

翌日、早くも届いたフラフープの箱は、案外な小ささだ。長い方でも五〇センチなく、短い方は一五センチ×一五センチない。これだけコンパクトになるなら、どこにでもしまえる。

箱の外側の写真によると、円周を六つに分けたパーツが入っている。組み立て後の直径は約九〇センチ、重さは約七一〇グラムだそうだ。

パーツを取り出し、箱を逆さに振ってみて「え、これだけ?」。スポーツ用品は使い方の説明書や、ご丁寧にＤＶＤまでついていることも多いが、これは本体のみである。

組み立て方は、箱の外側の指示に従う。パーツの端の差し込む側にロックボタンが、受ける側にマークがついている。位置を合わせて、ロックボタンを押しながら差し込むと「カチッ」と音がし、それがマークの裏の穴にボタンがはまってロックされた証拠らしい。しかしこのロックボタン、なかなか固くて「押しながら」に力を要する。それを六回繰り返すうち、「これはもう、バラすとやらなくなるから、組み立てたままにしておこう」と思った。赤と青の色はハデなので、浴室に置くことにしよう。

パーツの外側はクッション性のある発泡素材だが、すぐ内側に建物の鉄筋のような堅い束のあるのを、握るだけで指に感じる。「金属だと、厄介だな」。挫折して捨てるときのことが一瞬よぎったが、いけない、使う前からそれでは敗北の思想。作業を続けつつ、箱の外側に素材はポリエチレンとあるのを見て、胸を撫で下ろす。

組み立て終わって、さて、どう回すのか。使い方は箱に書かれておらず、代わりにあるのは長々した注意書きと警告。体調不良時は使うなとか、トレーニング中に異常を感じたらただちに使用を中止せよとか、運動習慣のない人は念のため使う前に専門医に相談せよとか。

こういうのを読んでいつも思うが、警告に従い「あのー、フラフープをやりたいんですが、どんなもんでしょうか」と本当に医師に尋ねる人がどれくらいいるのだろうか。売り手としては書かざるを得ないのだろうが、事故があったときの責任逃れを前もってしている感も。

で、回し方は自分で考えよと？

家の中でいちばん広いリビングに行き、椅子などの障害物を除けてスペースをとり、輪の中に入って立ってみた。

大きい。直径約九〇センチということは、円周率を仮に三としても二七〇センチ。ウエスト二七〇センチのズボンをはくことを想像してほしい。私が四人入れそう。どこをどう腰にひっかけるのか、皆目わからない。

とりあえず、手ではずみをつけて回すと、「バタッ」。腰をかすりもしないうちに、もう落ちている。そりゃそうだ。重力に従い当然落ちる。それに抗い、宙にキープし続けるには何らかのコツがあるはず。

パソコンで探すと、動画がある。見れば私は完全に間違っていた。円の中心に立ってはいけない。背中にフラフープを押しつける。足は腰幅に開き、膝は浅く曲げて。そうしておいて、左へ回したいなら、右手を大きく後ろへ引いて、前から左へ体に沿わせるようにして送り出すのだ。腰は回さず、フラフープの動きに合わせて前後させる。

フラフープが腰にふれるようにはなった。それでも「バタッ」。キープするにはよほどの速さで腰を前後に振り続けないといけない。「つっかれる……」。息が上がって、床にひっくり返った。

箱の写真では、美女が優雅に手を広げ、鼻歌交じりのような笑顔で回しているが、あれ、嘘。絶対、透明な糸でフラフープを吊っている。一回あたり十分でいいというけど、とても無理。水野さん、やっぱりすごい。

息が上がるということは、たしかに運動にはなるのだろうけど、すでにお腹が痛いのは、フラフープの打撲による痛みに違いない。筋肉痛は、こんなに早くは出ない。

軽く握るだけで金属と間違えるほどの芯がふれるのだ。それに七一〇グラムの重さと速さが付いて当たるのだから、衝撃は相当のはず。仮に十分続けられても、腹の皮がすり剝ける。突起付きのを買った日には、どうなっていたか。

練習のかいあって、翌日にはもう少し回せるようになった。それでも十回転が限度。ずり落ちるにつれ、膝を深く曲げ腰も下げ、腿《もも》を左右に開いて、なんとかくい止めようとする。そして潰れる。

「バタッ」。フラフープが落ちる前に、本人が床に突っ伏した。何、私。ガニ股で踏ん張り両手を上げて、腹を激しく前後させ。道ばたで売っている、ぜんまい仕掛けのサルの玩具の出来損ないのよう。笑いの発作がしばしば起き、そのたびに倒れて腹をひくつかせた。お腹の痛みはそのせいもあるのかも。

「バカなものを買ったよなあ」。魔がさしたとしか言いようがない。でも、せっかくだから続けるつもり。上達の兆しはあるし。打撲痛がいつか筋肉痛に変わることを信じて。

種類が多すぎます、炊飯器

「ああ、終わりのときってこういうふうに来るわけね」とわかった。十年ほど前に買った炊飯器だ。

炊き上がってすぐなのに熱々でない。硬さにもムラができている。もはや寿命と思うべき。炊飯器の平均寿命といわれる五年は、とうに過ぎていることだし。

内釜の方が、先に寿命が来ていた。内釜に土鍋を用いている機種で、もともとご飯がこびりつきやすかった。

近頃は水につけてから洗っても、なかなかとれない。こげつきもひどい。味には満足しているので、内釜だけ買い替え、使い続けられないか。

家電店に問い合わせると、すでに生産を終了している機種なので、内釜を探して取り寄せるのに数週間かかる、価格も内釜だけで一万七千いくらすると。思ったより高くつくことにひるむと「炊飯器の価格の三分の一から二分の一が、内釜代なんですよ」と店員さん。

「検討して、お願いするようでしたら電話します」。受話器を置いてからひと月もしないうち、本体の寿命が尽きてしまうとは思いもしなかった。あのとき注文しなくてよかった〜。

連載をずっと読んで下さっているかたは不審に思うことだろう。「炊飯器って、この前買ったばかりじゃない。酵素玄米だか何だかができる機種を」。

そう、健康オタクの気のある私は、その機種を買い、ときどき酵素玄米を作っている（ここは強調）。玄米と小豆を炊いて、三日から十日保温し酵素を活性化させるもので、その間炊飯器は使えない。味はほぼ赤飯のため、それとは別に白いご飯や、ふつうの玄米ご飯も食べたくなる。炊飯器はどうしたって、もう一台要る。

「内釜が土鍋の炊飯器を使うくらいなら、土鍋で炊けば」と言う人もいる。が、炊飯器は「予約炊飯」できる点が大きい。

新しく買うために家電店へ。内釜が先に劣化する悲劇は繰り返したくないので、土鍋以外で探すことにした。

売り場に行ってはじめて、炊飯器は今すごいことになっていると知った。内釜ひとつとっても、土鍋の他、本炭窯、備長炭かまど本羽釜、鍛造かまど本丸鉄釜、打込鉄釜、削りだし釜、W備長炭コート5層厚釜、土鍋コーティングW銅入5層遠赤特厚釜……。この違いを把握して選べる人を尊敬する。

炊き方もおどり炊き、沸騰うまみ炊き、高加熱剛火IH、可変W圧力炊き、真空圧力かまど炊き……もう何がなんだか。ちなみに剛火は「つよび」と読むらしいです(力ない声)。

各社とも、昔ながらのかまどで羽釜の味に回帰して、そのあたりのイメージを出したいけれど、語彙《ごい》は限られるので、似たような言葉の中、なんとか違いを出そうと苦心惨憺《さんたん》している手詰まり感が、商品そのものより強く印象づけられる。

「どう選んだらいいですか」と店員さんに訊ねると、店員さんも違いをわからせることをはなからあきらめているようで、

「好みですかねー」

と投げやりにも聞こえることを言う。

代わりに別の面からの情報を提供された。内釜にある水加減の線は、各社それぞれ

に試作して「うまい」と感じたところに決めており、関西の会社と関東の会社では、微妙に異なる。創業者の松下幸之助はんが関西の人であるパナソニックはやわらかめ、前身の名が他でもない東京芝浦電気の東芝はかためが好み、象印は中間といわれているそうだ。すると三菱は？　岩崎彌太郎ってどこの人？　考えかけて、急に萎《な》えた。創業者の出身地まで気にしないといけないなんて、炊飯って、そんなごたいそうなことだっけ。

ひとつ利口になったのは、内釜の厚さについての考え方。十年ほど前、土鍋炊飯器を買ったとき、「内釜が厚い方が絶対美味しいです」と店員さんに言われた。が、今回は「圧力炊きなら、厚みは関係ないです」と。一理あるかも。羽釜や土鍋で炊くご飯が美味しいのは、羽釜の厚い木の蓋や土鍋の蓋の重みで圧力がかかるからと聞く。

情報を整理すべく、帰宅後調べ物をする。そもそも炊飯器は大きく分けて三つあり、マイコン式は底のヒーターで加熱する。ＩＨ式は内釜全体が発熱する。圧力ＩＨ式はＩＨ式にさらに圧力をかけ、お米の芯まで熱を伝えるという。

方針が見えてきた。圧力ＩＨ式にし、内釜は厚みを気にせず、土鍋以外から自由に選ぼう。

調べていて、もうひとつ利口になったのは、「容量の八割を炊くのが美味しい」という情報。容量とは、何合炊きとある、その数字だ。店頭では五・五合炊きが目立つところにあり、私も以前は深く考えず、その中から選んだ。が、ふだん炊くのは二合なので、五・五合炊きはベストな選択ではない。

機種は少ないが三合炊きのがあるようなので、そこから選ぼう。

店頭ではありすぎて途方に暮れたが、ようやくここまで絞り込めた。

象印の『極め炊き』という機種にする。健康オタクの私としては、玄米の栄養価を高めて炊くメニューの付いていることが、決め手となった。内釜はプラチナコーティング。プラチナナノ粒子の作用で弱アルカリ性に変わった水がデンプンのアルファ化を促進し……とあるが、飽和状態の頭にもう入らない。

色は……ダークブラウン一色のみ？　「調理家電で茶色ですか？　ンなわけないでしょう、ふつうに白やグレイッシュシルバーもあるでしょう」と後日店で聞いたところ、本当にダークブラウンのみで驚いた。

売り場のディスプレイでも、調理家電はダークブラウンとルビーレッドが流行のようだ。性能と関係ないことで流行を作り出すあたりにも、手詰まり感をおぼえる。調理家電は行き着くところまで行き着いているのか。

お会計は四万一〇〇円。持ち帰ることにし、配送料なしですませた。

家に着き、箱から出すと、小さーい。今まで不必要な五・五合炊きで、スペースも電気も無駄に使っていたに違いないと思った。

第一回は玄米でなく、白米を炊いてみることにした。炊き上がりは「ふつう、もちもち、しゃっきり」から選べて、他に「白米熟成」モードなるものもある。予熱を長くし芯までじっくり吸水させることで、お米のおいしさを引き出すらしい。

「白米熟成」を選んでスイッチを押し、しばらくすると、えっ、音がすごいんですけど。エレベーターの積載重量を超過したときの警告ブザーのようなものが鳴り続け、

「わ、私、何かマズイことをしたでしょうか?」と不安で、中断したくなるほど。

取説を読めば、IH炊飯器は強い火力で炊飯するため「ブーン」と冷却ファンの回る音や、「ジー」と火力を調節する音もするが、いずれも故障ではないと。朝に向けて「予約炊飯」をし、明け方あの音がしはじめたら飛び起きるだろうな。二合炊くのにそれだけ大騒ぎするのなら、電気の使用量の削減にたいしてつながらないかも。

炊きたてを口にして、うーん。前の炊飯器のときと比べべったりして、何と言うか、粒が立っていないような。能書きが多いだけに、肩すかしを喰う思い。うちで食べているのはコシヒカリ。粘りのあるお米だから「熟成」には向かなかったかも。

二回目は「ふつう」モードにした。うーん、まだべったりして、粒が立っていないような。

水加減がいけなかったかも。やわらかめのパナソニックに対し中間と評される象印だが、次は線よりやや低くして炊こう。

三回目の挑戦。「ふつう」モードで水加減少なめ。うーん、依然物足りない。前の炊飯器は炊きたてを食べるたび「やっぱ、うちのご飯は美味しい！」という感動がそのつどあった。そのラインに達してこない。

水加減の問題でなければ、お米の選び方が悪いのか。私の好みにはコシヒカリでなく、粘りの少ないササニシキ系のお米が合うのかも……いやいやいや、前の炊飯器も同じお米で炊いていたぞ。

洗うのは前のに比べて格段に楽である。こびりつかないから水につけておく必要もないし、軽いし、小さいし。しかし買い替えて感動したのがそれだけなのも、さびしい話。

私は悟った。美味しくする方法は、前の炊飯器の味を忘れることだと。付き合ってピークの頃は楽しかったけど、あのときのカレはもうどこにもいないのだ。幻影を追い求めるのは止めて、新しいカレの美質を見よう。

新しい炊飯器に今は満足していることを、象印の名誉のためにも記しておこう。人間は忘れる動物、そして慣れる動物なのだ。

バチバチ美容レーザー

「この中で美顔器使ったことのある人、います?」

同世代の女性十人ほどで食後の歓談をしていたときに、ひとりが聞いた。知人から買わないかと持ちかけられており、効果があるなら使ってみてもいいけれど、三十何万円もするので迷っていると。

「さあ」と皆さん首を傾げるばかりで、反応はまばら。隣どうしすでに別の話に移っている人たちもいる。

「美顔器は知らないけど、効果をいうなら美容医療の方が確かかも。私が受けているのは……」言いかけると、

「えっ」「やってるの?」。皆の視線がいっせいに私へ向いた。ザザッと身を乗り出す音が、その瞬間ほんとうにしたかと思うほどだった。美顔器の話とは全然違う。ペン

を出しメモの構えをとる人もいる。

食いつきのよさにたじろぎつつ、メモしやすいよう、コースターの裏に書いて回した。「シミやくすみ　レーザートーニング　一万円弱。たるみ　タイタン　三万円くらい」。この二つを、ここ数年私は受けているのだ。

ふだんは買い物はよくよく調べ比較検討する私だが、これについてはまったく情報収集のため動かなかった。美容液→美顔器→エステ→美容医療といった通常の段階も踏んでいない。知り合いに聞いて、いきなり行った。

その人にしばらくぶりに会ったら、肌がきれいだったのだ。内側から光るような白さである。美容に詳しく、いろいろ取材している彼女によると「シミはもう、美容液をちまちまつけて薄くするより美容医療が断然早い」。

シミは私もずいぶんある。UVクリームを塗っておりSPF値などの理論上では充分カバーできているはずなのに、用をなしていないのではと思うほど。

彼女の持論は「きれいな人は、やっている」。彼女もクリニックに定期的に通っているそうだ。聞けば私の家からもすぐ。行ってみることにした。

メディア露出の多いところだと、院長がお調子者だったり、やり手の美人だったりするイメージだが、そのクリニックはふつうの先生でホッとした。四十くらいとおぼしき男性で、患者をこわがらせないためか、口調はやや女性的。

先生によれば、シミやくすみの治療はいろいろあるが、レーザートーニングは日焼けによるシミのみならず肝斑と呼ばれるものにも効くそうだ。レーザーというとレーザーメスを想起するが、それよりもずっと低い出力で当て、メラニン色素を少しずつ破壊する。肝斑《かんぱん》の治療には、一～二週間ごとに八回続けて照射するのがめやすとのこと。

一回が九一〇〇円。掛ける八の七万二八〇〇円は思いきりの要る出費だが、「一本三万円の美容液だってあるんだし。ふだん化粧品にもエステにもお金を使わないんだし」と考えて、頑張って通うことにした。こういうふうな言い訳で自分を許す人、多いでしょうね。デートにも行かないし、ブランド品も買わないし、洋服にもお金を使わないし……使ってるって！

一回の照射そのものは十分くらいだろうか。仰向けに寝て受ける。ゴーグルをするのでどんな機械かはわからないが、感じとしては、熱した油の粒が皮膚の上をピョンピョンはねるよう。自分の顔が炒め物の中華鍋になったようだ。熱いことは熱いが、粒の群れは常に動き回っているので、すぐに過ぎる。何やら焦げ臭いのは、産毛の焼ける匂いとのこと。

終わると氷枕のようなものを顔に載せて、五分ほどのお冷やしタイム。その後は腫れや赤みの残ることもなく、すぐに化粧もして帰れる。

このレーザートーニング、八回を完遂したときはかなり効果があった。一個一個のシミが消えてなくなるわけではないが、さきほど言った全体が内側から白っぽく光る感じになることで、七難隠すのだ。産毛を焼き払うことも、透明度を上げる方にはたらくらしい。

ある本の帯にその頃撮った写真が載っているのだが、われながらツルピカ。その二年半前に出した本の帯の写真より若く見える。エステについては、私は費用対効果に疑問があって行っていないのだが、美容医療に関しては、

「お金をかけるだけのことはある」

と思った。興味があったら『続・ちょっと早めの老い支度』（オレンジページ刊）の帯を見て下さい。

いや、それよりも切実な興味は、「その効果、どのくらい持つの？」ということだ

ろう。それをもとに各自割り算掛け算し「美顔器の三十何万かの方がいい」と結論する人もいるかもしれない。

私もはじめる前は知りたかった。いちど受けたら、やらずにいられなくなるのかも。だとしたら何ヶ月にいちど？　年間でいくらになるか。が、やってみると、そんなに厳密なものではなかった。

きれいになることはなるけれど、五十歳の人が二十五歳の肌に、みたいに劇的に若返るものでもない。逆に言えば、効果が切れたからといって、映画のCGで不老長寿の魔法が解けた人のように、みるみる黒ずみひび割れ萎《しぼ》んでいく、といった変化は起こらないのだ。

私は八回集中的に受けて満足し、しばらくは美容医療のことは忘れていた。半年くらいしてその間夏も経て、気がつけば日焼けによるシミができていて「そういえば」と。以来、半年に一回くらい。

先生から次はいついつ来なさいとは言われない。自由診療なので、あくまでも任意である。鏡を見て「なんとなく汚くなったな」と感じたら行くという通い方になる。

もうひとつのタイタン。こちらは「目尻がだいぶ下がってきたな」「フェイスラインがだぶだぶになってきたな」というとき行く。

　メスを使わないたるみ治療として世評の高いものにサーマクールがあるが、こちらは痛いことでも知られる。痛いのが何より苦手で「痛いことを何回もするくらいなら、たるみをがまんしてためておき、おばあさんになってから一回だけ、麻酔で寝ている間に外科手術してもらう方がいい」と言う私に、たるみ治療の中では痛くないものとして、先生が提案したのがタイタンだった。

　熱作用により、肌の深部をいわば焼き肉のように（！）収縮させ、引き締め効果を得る。同時に、コラーゲンの生成も促すそうだ。先生が出力を指定し、施術そのものは看護師さんが行う。

　こちらも目を閉じるので機械は見えないが、肌への当たりは、粒々でなく面である。中華鍋でいえばおたまの底を、チャーハンのご飯の塊をつぶす感じで、位置を変えつつ押しつけるよう。油の粒ほど熱くなく、温かくて気持ちいい……と思ったら、押しつけて離すまでの最後の一秒、奥まで熱が突き通るようで猛烈に痛い。痛みに弱い私に合わせて、ただでさえ低い出力なのに、騒いでさらに下げてもらった。

　十分ほどの施術が終わると、掌と脇に汗をかいていた。痛くも痒くもなしに美を手に入れようなんて、甘かった。

看護師さんによれば最高度の出力でも、施術中に眠ってしまう人がいるとのこと。信じられない。痛みに強い人が羨ましい。そういう人はやがてタイタンに飽き足らなくなり、サーマクールへ行くのでしょうね。

私は最低に近い出力だそうだが、それでもしないよりは効果がある……ような気がする。一回三万二四〇〇円だが、私はキャンペーン期間中に、一回あたり二万六七〇〇円になる三枚綴りのチケットを買って、その三枚を有効期間の一年かけて使っている。割引になるためもあるけれど、そのように前払い状態を作らないと、根性のない私は行かなくなりそう。

このクリニックに私は七十代半ばの男性を紹介した。イボだかホクロだかが大きくなったそうで皮膚がんではと案じているので、近くだからまずそこで調べてはと。言ってから心配になった。聞けば、石鹼で顔を洗うこともないと言う。黒い制服の女性が、間接照明のロビーで受付するエステサロンのような雰囲気になじめるか。「そもそも男性用トイレってあったかしら」と電話して確かめたほどだ。

この人が、常連になった。がんでないとわかって取って、そうなると隣のイボも、せっかくだからシミもとなって、私より頻繁に通っているらしい。

美容医療にもっとも縁遠そうだった人が、意外。誰しもきれいになるのは気持ちいいものなのだろう。潜在的マーケットの大きさを、ひしひしと感じる。

それにしても医療がこれほど進歩しているのに、施術にいまだ痛さが伴うのは不思議。冒頭で並々ならぬ興味を示した女性たちも「痛いのだけは嫌」という人は多いのだ。それさえなければ、受ける人は相当増えると思うのに。

人間の欲望にはキリがないと知っている神様による歯止めだろうか。

お仕事服はセールでね

物欲が低下している。ふだん着のワンピースをよく買っていた店には、もう三ヶ月ほど行っていない。前は近くを通るたび覗いていたから、顔なじみのスタッフには引っ越したと思われているのでは。

自宅のリフォームを検討しはじめてからである。頭の中は寝ても覚めても間取り間取り間取り、そればっかり。目下のところ、リフォーム関係以外で買おうかどうか考えている商品といえば、抗菌まな板くらいで。

残念なのはこんなとき、特に買いたくなくとも買わなければいけないものがあることだ。例えば仕事上必要な服。昨年来会議に出ることが多くなり、男性はスーツだから、私ひとりワンピースとレギンスといった、遊び半分に思われそうな服のわけにもいかない。黒や紺、あるいは白のジャケットとそれに合うスカートなど、そこそこきちんと見える服でないと。

楽しい買い物ならまだしも、仕方なく買うものにお金を使うのは、本当に惜しい。

「勤め人のスーツを必要経費と認めよ」とよく言われるが、つくづく共感する。

就活の学生が世話になるというスーツのチェーン店に行って試着したところ、それでかっこがつくのは、若い人ならではだと思い知った。安物感をはつらつとした印象でカバーできないし、生地を節約した裁ち方、平面的な仕立てなどのせいか、サイズは合っているはずなのに、どこかきゅうくつで肩が凝る。

そんな私がいまや頼りにしているのは、ブランドのオンラインショップのセールである。

最初は店舗で買った。そして途中まで定価で買っていた。

そのブランドを知ったのは、一年近く前。暑さは残るが、デパートでは早くも秋冬物の並びはじめる頃。ご存じのように服の商品展開は、実際の季節よりもかなり先んじている。

私は出張先の地方都市で、帰りの飛行機までの時間調整でデパートにいた。

中に、そこそこきちんと見えて、でも若すぎず、ブランドの想定する年齢層になんとか私も許容されそうな服の店がある。中でも黒のウールジャケットは、これからの季節いろいろ使えそう。消費税込みでたしか四万二千円ほど。安くはないが、旅の勢いもあって買ってしまった。

すでに会議が多くなっていた私には、そのジャケットは非常に便利だった。今後も頼りにしようと、東京の店舗はどこか調べれば、行きやすいところにはなく、代わりにオンラインショップがあることを知る。

オンラインショップには、さきに買ったジャケットに合いそうなスカートがあり、早速注文。たしか二万円台後半。届いてみると思ったより生地が薄く、これからの季節には寒そうと、返品した。一万円以上の買い物は「行き」の送料が向こう持ちなので、こちらの負担は「帰り」の送料のみですむ。

年が明けて一月下旬。デパートでは、春物の商品が出はじめる頃。いつまでも黒のウールジャケットというわけにはいかないし、あの店の状況はどうかと久しぶりにオンラインショップを覗けば、サマーツイードのジャケットがある。形はさきに買った冬物とほぼ同じ。紺と白の二色あり、私のサイズはどちらも「残り一点」だ。どちらも使える色だから両方ほしいところだが、冬物と同じく四万円超えのため、二点購入は痛すぎる。ぐすぐずしては、両方ともなくなる。この場で決断しなければ。

とりあえずカートに入れ、どちらがより使えるか頭痛がするほど迷った末に、白を注文。

商品ページに戻ると、果たして白は「売り切れ」に変わっている。「危なかったー。ぎりぎりセーフ」。安堵して、「残り一点」の紺にも心を残しつつ、サイトを閉じた。

二月末、なにげなく同サイトを開いて目を剝いた。ひと月前に買ったジャケットがもうセール⁉　なんと五一パーセントオフになっている。シーズン末のセールではない、春はこれからなのに、私はまだ一度も袖を通していないのに、あまりに突発的、かつ早すぎる。

しかも白は私の買った一点を最後に「売り切れ」たはずなのに、なぜか復活している。紺だって「残り一点」だったはずなのに、それより多いことを示す「在庫あり」になっている。増えるって、どういうこと？　いったいどこから湧いてきたわけ？　疑問符が束ねた風船のようにいっぱいになった。

紺はあれば便利なのでその機に買ったが、「五一パーセントオフなんてラッキーー！」と小躍りする気分ではなく、なんか騙《だま》されたような。釈然としない思いを抱えつつ、このとき会員登録をした。

やがてお得意様限定セールの案内が来た。会員登録した際のパスワードを入れると、そこへ進める。そこでのオフ率はすさまじく、六九パーセントオフ、七六パーセントオフなんていうのもある。

中途半端なオフ率が、需要と供給をもとに割り出されるのか、同じ時期に売り出した商品でもセールになっているのといないのとがあるのはなぜなのか、そのあたりのからくりは読めないが、いずれにせよ微妙な気分だ。定価のとき買おうかどうかさんざん悩んであきらめたものが、そこまで下がっていると拍子抜けするし、定価で買ったものは買ったもので、頑張って貢いだのが報われないようで虚しい。春物の白と紺のジャケットだって、待てば結局、一点の値段で二点買えたのだ。

むろん相応の不利はある。セール品は返品不可だ。届いてみたら合わなかったでは、安物買いの銭失い。堅実な私はリスクを回避する方を選ぶ。

さて、白と紺の二点を買ったサマーツイードも夏本番になると暑くて、「もっと薄くて裏地のないジャケットが要るな」と思った。

オンラインショップを覗くと、それらしいものがあったが、三万五千円超。丈などの寸法を控え、既存のジャケットと比べるなどしたが、どうも集中力がわかない。リフォームの検討が正念場で、そっちに頭が行っているのと、「この値段出しても、どうせまたすぐセールになるんだろうな」と不信感めいたものもある。しかし買って着ないというリスクは避けたい。

ふと気づいた。何もそんな真剣に悩まなくても、定価のうちに買って現物を確認し、いったんは返品し、セール後に再び買えばいいのでは。返品の送料はかかるが、過去の商品のオフ率を思えばお釣りが来る。

私は基本、律儀な人間だ。前にこのオンラインショップでスカートを返品するときも心苦しく、返品連絡票の理由欄の「イメージ違い」にマルをして、なおかつ備考欄に、「生地が画像からイメージしたより薄かったため、申し訳ありませんが、このたびは返品させていただきます」みたいに、くどくどとお詫びを述べたほどである。

が、その後も何の遺恨もないように「お得意様限定セール」の案内が来るところをみると、返品はそう、すまながることでもないらしい。注文し着てみて「よし、買いだ」とわかったところで、「イメージ違い」にマルをし返品した。

「イメージ違い」のはずが、セールになるや、いけしゃあしゃあと注文しては嘘がばればれだが、向こうだって「残り一点」とあおっておきながら後でぞろぞろ在庫が出てくるのだからお互い様だ。というか、このような利用の仕方をする人、実は多いのではなかろうか。定価のうちに試着代わりに買い、返品してセール待ち。だからこそ、セールまでは在庫は常に流動的であり、「売り切れ」と復活を繰り返すのでは。

この利用法を覚えてしまってからは、ブランドには悪いが、定価で買うのがばからしくなってしまった。

だいぶ前カルチャーセンターに勤めていた知人が「仕事の服、定価で買ったことない。セールですごく安くなるんだもの」と湾岸の倉庫街で行われるお得意様セールの入場券をくれたことがあった。入場まで一時間待ちと聞き、そのときは「時間と労力がもったいない。それならば、私は定価に甘んじよう」と思ったが、オンラインショップのセールだと、足を運ばなくても並ばなくても買えるのだ。

むろん、狙った服が必ず残っているとは限らないが、それはもう織り込み済みということで。

私は今、いくつものサイトの会員になっている。他のブランドのオンラインショップ、ファッションの総合ショップ。サイトによっては一斉セールの通知の他、気に入った商品を登録しておくと、値下げになったら商品ごとに教えてくれるところもあり、ご親切なことである。そんなことをしたら、会員はますます定価で買わなくなり、自分の首を絞めるようなものに思うが、そうまでしても確実に売り切る方がいいのだろうか。

どうしても必要なときは定価で買うが、それ以外は、仕事服はセールで、が習慣になりそうだ。

ロースターが壊れた！

物欲はますます低下中である。検討していた家のリフォームの実施が本決まりとなったのだ。間取りを考える段階を過ぎ、頭の中は建具建具建具、そればっかり。パソコンには過去に服を買ったとおぼしきサイトから夏のファイナルセールを告げるメールが矢のように来ていたが、「セール？　何それ」とまったく心が動かない。服に何千円か使うくらいなら、そのぶん少しでもいい扉を……。

が、そういうときに限って何かが起きる。ロースターが突然壊れてしまった。魚を焼くのに使う調理家電で、スイッチひとつで放っておいてもうまく焼き上げてくれて、裏返したり、火加減を調節するなどの手間要らず。

土曜の昼、いつものように鰺《あじ》の干物をセットすると、スイッチを押すや終了音が鳴り、いっこうに焼きはじめない。困った。

「魚なんて焼けなくたっていいじゃない、肉を食べればいいじゃない」と思われるだろう。が、こういうのは習慣だ。肉を食べない私にとってその指摘は、朝はパンと決めている人に「うどんにすればいいじゃない」と言うのと同じ。

「何もそれで焼かなくても、ガスで焼けばいいじゃない」とも思われるかも。それまでた習慣プラス、さきに書いた手間の問題。毎朝トースターにパンをセットし、焼き上がるまでヒゲを剃ったり優雅にコーヒーを淹れたりしていた人に、「今日からパンはガスのグリルに入れ、焦げないよう付きっきりで焼け」と言うようなものなのだ。

買い替え時期か。いやいやいや、買って三ヶ月も経っていない。無料で修理してもらっていい事案である。

そこでどっきり。これについてはネットショップで買ったのだった。魚は二十年近くこのロースターで焼いており、これで三台目。一台目、二台目は近所の店で買ったが、「商品はもう決まっているんだし、ネットの方が安い」とはじめてネットで購入した。

過去の二台はトラブルはなかった。買い替えたのは青魚をあんまりよく焼くので脂が内側にこびりつき、匂いがひどくなったからで、動作上はピンピンしていた。こんなに早く壊れるなんて、やっぱりネットショップは……いや、それだから不良品のわけではあるまいに。にしても、駆け込んで泣きつく相手のないときに限って、こんなことが起きるとは不運だ。

修理関係はどうなっている？　保証書を捜すと、あった。あったはいいが、封筒の表にいきなり「お買い上げ日、販売店名が記入されていない場合は、無効となります」と書いてあり、はたして記入されていない。

封筒の裏に小さく自分の字で、何月中旬××より購入と、ネットショップの名が書いてある。よかった。自分を褒《ほ》めてあげるのが時代のムードである今ふうに言えば、メモしてくれていた自分に感謝。

パソコンのメールの「ごみ箱」のその頃の日付の「ごみ」を探ると、あった。××からの納品メールだ。「ごみ箱」を空にしないでいてくれた自分に感謝（しつこい）。

しかし相手はネットショップ。メールを送ってもまず「お問い合わせありがとうございます。このメールは自動で返信されています。内容を確認の上、折り返しご案内を差し上げます。内容によりましては、ご返信に日数を要する場合があります」にはじまり、いつ何をしてくれるんだか、さっぱりわからないやりとりが、しばらく続くのだろう。

　ましてや今日は土曜だしと、メールする前から気持ちが萎えるが、納品メールをよくよく見れば、お問い合わせ窓口として、電話番号が記されているではないか。しかも土曜もかけられる。

　すばらしい。対話の道を残してくれている。さきほどのネットショップへの偏見めいた発言を詫びなければ。「いい会社。困ったときは、なんといっても肉声よね」と感激する、昭和生まれの私である。

　電話口に出た女性に用向きを告げると、キー操作の音がしてから「ご注文の商品は弊社での保証期間は過ぎています」。ショップの保証期間は一ヶ月だという。注文時オプションで延長保証もあったが、過去二台いちども故障したことがなかったから、保証料がもったいなくて付けなかった。

　ショップでの保証期間が過ぎると、メーカーでの対応になる。保証書にはさきに書いたとおり販売店の記入がないが、納品メールが代わりになるそうだ。

　ネットショップをご利用の皆さん、メールはくれぐれも保存して、できればその場でプリントアウトし保証書とセットにしておくのがいいですね……突然、生活情報番組のようになってしまった。

ここからはメーカーとのやりとりだ。保証書に修理窓口の案内はなく、取説に載っていた「お客様ご相談センター」に電話した。「ご相談」と「ご」がついているあたり、さすが松下幸之助。パナソニックの商品なのである。土曜にトラブルの起きた身にとって、三六五日対応なのはありがたい。音声ガイダンスに従い用向きを選ぶと、やがて私の好きな肉声につながる。

メーカーは修理を直接受けつけたがらず「販売店でのご相談」へ誘導する向きがあるのを、ここまでの保証書、取説、音声ガイダンスの文言で、私は感じていた。それについてまた蒸し返されるのは面倒だし無駄なので、「販売店での相談はできず、販売店での保証期間も切れている状況です」と電話口へ出た女性に最初に言った。それを女性は、メーカーの保証期間が切れていると勘違いしているらしいと、対話するうち私は知った。誤解を正し、改めて修理の進め方を聞くと、「それでしたらパソコンからのお申し込みが早いです」。

肉声からネットに戻る？　が、場合によってはそちらの方が正確と、今のやりとりで思ったし、何より早い方がいい。肉声で話せる間に得られる限りの情報を得ておこうと、女性に聞けば、修理にはだいたい七日から十日かかるという。魚を少なくとも日に一度、日によっては二度焼く私には、大打撃だ。

「その間、代替品の貸し出しはないんでしょうか」とすがれば、相手の顔に困ったような笑みが浮かび……と、ありありと見えた気がしたのも、肉声ならではでしょうか。あ、はい、いいんです、いいんです、あればいいなと思っただけで。

電話を切って、パソコンで申し込む。たしかに早い。パソコンに向かっているのが午後一時台なのに、その日の夕方から引き取り可能という。ヤマト運輸が来るそうだ。さすがにこちらの態勢が整わず、翌日の昼にする。

態勢といっても、単に私が家にいるようにできなかっただけで、準備は何も必要ない。梱包資材はヤマトさんが持ってくるので、現物と保証書、納品メールのコピーを玄関先に置き、ただ待つだけ。箱探しに奔走しなくてすむのは助かる。引き取りの翌日の午前には「修理品入荷のお知らせ」メールが届く。件名の「入荷」はまぎらわしいが、修理を依頼された品が確かに届きました、という内容。とにかく早い、丁寧。

それはありがたいけれど、修理が出来てくるまでの間がつらい。修理に出したその日からも魚は焼く。うちのガス台にはなぜか、ふつうのグリルがついておらず、あるのはオーブンだ。鯵《あじ》の干物一枚焼いても、鶏の丸焼きができる大きなトレイを洗わねばならず、それが面倒で、ロースターにしたのである。

少しでも簡便にすませたく、フライパンで焼くことにした。熱してから載せ、焦げ目のついたところで裏返す。

思ったより美味しくは焼ける。が、その間付きっきり。何よりも煙がすごい。蓋《ふた》をして換気扇をブンブン回しても、青魚の脂の焼ける匂いが、髪から服から下着にまでもしみ込んでしまい、シャワーを浴び、全部替えてからでないと外出できないほどである。

「煙ってこんなに出るんだったか」。思い出せば、ロースターの商品名は「けむらん亭」。やはり優秀な商品なのだ。

この状況が一週間も十日も続くのかと、憂鬱《ゆううつ》になったところへ、メーカーから「修理完了品発送のお知らせ」が。助かった！　うれしい、早い。引き取りからわずか三日後である。「一週間もかからなかったじゃないの」と感激したが、もしかしてフェイントかまされたかも。三日間と言われて三日たっぷり待つより、一週間から十日と予告され三日の方が、心証はいい。さすがソツのない松下さん。

メールに記された修理内容は、部品交換、点検、動作テスト。部品代○円、技術料○円、送料○円、計○円。返送されてきた品に添付の修理報告書には「今回の故障に際して大変ご迷惑をお掛けし申し訳御座いませんでした」。外側もきれいに拭いてあって、どこまでも丁寧。

が、青魚の脂の匂いは従前どおり残っており、あくまでも修理、新品同様になって返ってくるわけではないともわかった事案であった。

スマホ乗り換えました

スマホを他社に乗り換えた。まったく予定になかったこと。本当によかったのかどうか、数日後の今も不安の中にいる。

家電量販店に洗濯機を買いにいって……洗濯機の話に今は深入りせず、スマホ購入の経緯に関してのみにとどめよう。

近所だが、はじめて行く店。洗濯機の価格をネットで調べ、安かったのでそこにした。洗濯機は何階かしらと、入口で立ち止まるとスクラッチくじのカードを渡され、この場で削るようすすめられる。白ワイシャツに制服の赤いベストを着けた、色白で眼鏡の青年だ。

外れだったが、Wチャンスのくじだそうで、もうひとつのスクラッチを削るよう促され、そちらは当たり。景品はウェットティッシュ十袋で、ずいぶん大盤振る舞いだ。

後で思うに、二回目のチャンスのスクラッチは、全員「当たり」に作られていたのかも。

「スマホが月々一九八〇円からで使えるワイモバイルってご存じですか」と青年。少し前話題になっていたような。「あ、はい」「今は月々いくらくらいお支払いですか」「八千円……くらいかな。洗濯機は何階ですか」。聞かれたことには素直に答え、質問返しをする私。「ご案内します。その前に一分だけ待っていただいていいですか。見積もりを出しますので」。パイプ椅子に腰かける。案内してもらうからには、付き合うのも義理だろう。

ほどなく渡された紙によると、最初の一年間が一九八〇円、次の一年間は二九八〇円、端末代は実質ゼロ。価格はすべて税抜きだ。

さらに彼が言うことには「本日ご購入のお客様には、一万円分の商品券を差し上げています」。この特典には心が動いた。洗濯機を買う上で一万円は大きい。「洗濯機とどっちを先にしたらいいでしょう」「洗濯機を買いにいらしたんですね。ではまず四階へ」。親切にも、エレベーターまで案内してくれた。この人を山田氏としよう。

四階で洗濯機を買い、支払いの段で「スマホの山田さんが、商品券一万円がどうとかってお話でした」と言うと「それではご案内します」。商品券はここで出されるのではないらしい。

エレベーターまで送られて、一階で降りれば、驚くことにそこでも誘導係が待っている。ほんとうに至れり尽くせりの店である。これも後で考えれば、客を逃さぬための連携か。山田氏はあいにく接客中で、カウンターで待つことしばし。黒いポロシャツの男性が現れ、山田氏に代わって担当するとのこと。鈴木氏としよう。

理系ふう眼鏡男子の山田氏に対して、鈴木氏は元サーファーっぽく日焼けして、やや長髪。こういうところに勤めているからには、堅気ではあろうけど、黒シャツの胸元から金のチェーンが覗きそうな。潰れた声で早口に話すのが、なんとなく不穏で、気弱な私は「山田君の方がよかったのに」と内心思うが、ホストクラブではないから、指名はできまい。

救いは、鈴木氏の名札に「スーパーアドバイザー」なる肩書きと星が五つあること。山田君の上司かもしれず、信用していいのかも。

このへんも私、ホント、とろいわ。星なんて誰が認定したかもわからない。肩書きともども、自分で書けば、それまでなのに。

「ご契約ということで」。いきなり言うので、「いえ。山田さんとは立ち話だけだったので、もう少し詳しく聞こうと」。そこはきっぱり押しとどめた。

鈴木氏は、A4のコピー用紙をクリップで留めたものを取り出す。自分で作った説明の資料と思われ、繰り返し使っているらしく、よれよれの紙である。「格安スマホ」「通信はソフトバンク」「十分以内の国内通話は月三〇〇回まで無料」など、黒ペンで箇条書きされているが、その文字が雑なこと！　早口で発音不明瞭なのと、おまけに館内放送のスピーカーが運悪く私の頭上にあり、パチンコ店もかくやと思う騒々しさ。聞き取りづらいことこの上なく、「はい？」「もういっぺん言って下さい」と何度も聞き直す始末。スマホの基本もわかっていない、与《くみ》しやすいおばはんと思われたのでは。いや、事実、その通りなのだが。

箇条書きの何行目かに、「主婦、じいちゃん、ばあちゃんに人気」とあり、目が合って彼は読みとばしたが、私は見逃さなかった。ああ言われて買う気になる人いるんだろうか。「私、これに該当するわ。皆さん、そうしているんなら」と思う効果を狙ってか。謎の一行だ。

しかし冷静になれば（なっていない！）月一九八〇円は魅力だ。契約中のドコモの解約料金一万二六〇円は、それとは別にかかるそうだが、今ドコモに支払っている額を思えば、二ヶ月で取り戻せる。が、私にとって何よりの条件は、自宅パソコンのメールをスマホで操作できること。今のスマホはシニア向けをうたっていながら、その設定がほんとうにたいへんで、結局人にお金を払ってやってもらった。

そう話すと鈴木氏は「うちでやります」。ドコモではあり得ぬひとことだ。ドコモショップでは「設定はお客様ご自身でお願いします」と貼り紙で、あらかじめ固くお断りしている。

それならば、と心は強く購入へ。契約に必要そうなものは何も持ってきていないが、保険証とクレジットカードだけでいいそうだ。それらは財布の中にある。パソコンとの設定に要るパスワード類は、記載されている書類を後で家から取ってくることにし、まず購入。

購入にはMNP予約番号というのが要るそうで、「ドコモにかけますので、お客様ご自身で聞いて下さい」。鈴木氏がダイヤルし、メモ用紙とともに私に渡す。「解約でよろしいですか」「契約者ご本人様ですか」。電話口で聞かれるたび鈴木氏を振り返り、うなずくのを確かめ答えていると、「ATM前で、振り込め詐欺に指示されるまま操作していているおばあさんって、こんな感じだろうな」と思った。「えっ、端末料金が七〇二〇円残っている?」。復唱しながら「七〇二〇」とメモすると、鈴木氏がすかさず「うちで出します」と言って「七〇二〇」に×をする。MNP予約番号を聞くまで、たどり着けた。

ドコモとはこれでお別れらしい。十五年にわたる付き合いだったが、電話口の女性は翻意を促すでも、後悔をちらつかせて脅すでもなく、あくまで明るく感じよく「また機会があればご利用下さい」。かえって気が差し「長い間お世話になりました。ありがとうございました」と電話口でお辞儀をしてしまったほど。

解約料金一万二六〇円は、たまたまキャンペーン期間で、かからないらしく、電話を切ってそう報告すると、「それはラッキーです」と鈴木氏。言われると、ラッキーのような気がしてきた。

改めて契約内容を説明される。一九八〇円の内訳は、基本使用料が三九八〇円、スマホプラン割引が千円。他に千円の学割制度があり、「お客さんにはこれを適用させていただきます」。学生ではない私に、特例で適用してくれるのかと「ありがとうございます」と頭を下げると、鈴木氏はなぜかたじろぎ「い、いや、気をつかわせる言い方してしまいました」。早口の彼が、めずらしく言葉に詰まった。

山田氏に最初に言われた商品券は、この段階で発行されるらしい。鈴木氏が千円の商品券を束で持ってきて「お客さん、気をつかってくれるし、閉店近いし」。スーパーの生鮮食品売り場のようなことを言いながら、一枚、二枚、三枚と数えて、なんと一万五千円分も。ほんとうに特例的に対応してくれている！

残るは、パソコンメールに関する書類を家から取ってきて設定してもらうこと。こちらは厚意でしてくれることだし、閉店前に待たせては悪いと、タクシーで往復してしまった。

戻ると、鈴木氏の姿はなく、山田君の担当になる。「これと同じことをしたいんです」。ドコモのスマホの画面を出すと、表示はすでに「圏外」となっていた。もう引き返せない。泣こうがわめこうが、買い替えたスマホを使っていくしか道はないのだ。設定はしてもらった。が、家に帰って試しに操作しても、とまどうことばかり。ドコモのシニア向けスマホでは、表示が「メニュー」「戻る」「削除する」と日本語で大きな字だったのが、説明なしの小さなマーク。対照表が欲しい。そういえば七〇二〇円を向こう持ちする話はどうなったっけ。料金明細に記載なし。商品券五千円分の上乗せで帳消しってこと？

思い出す。詐欺にひっかかる人の特徴として新聞に出ていたのは、親切に恐縮する、義理堅い、特典にひかれる……みんな私は兼ね備えている。騙《だま》すのはたぶん赤児の手をひねるようなもの。こんな人がクレジットカードを持っているなんて、怖すぎる。

い、いや、ワイモバイルが詐欺と言うつもりはなく……。

最大の不安は実際にかかる料金だが、これはもう通知を待つ他ない。

ドア二枚分もする高価な歯

半年間にわたる歯の治療がようやく終わった。詰め物や被せ物をした歯は、計五本。予想外の出費である。

はじまりは左上中ほどの一本。よせばいいのに、ということが引き金だ。スーパーのレジ脇に昔ながらの箱入りのキャラメルがあり「遠足に持っていったわね〜、全然変わっていないのね〜」と懐かしさからつい購入。家でひと粒食べたところ、キャラメルにくっついて歯の詰め物がとれたのだった。

歯医者は、定期的にクリーニングに通っていたところがなくなってから、何年も行っていない。近くにできた、診断も治療も正確と評判の歯医者さんに行くことにした。レントゲンを撮ってわかったこと。来るきっかけとなった左上の歯は、問題は比較的小さい。

それよりも右下の奥歯。金の詰め物の下で、再び虫歯がはじまっている。その手前の一本も、セラミックの被せ物にひびが入っていて、このままだと虫歯が進行する。レントゲンだと一目瞭然だ。

左下の奥も被せたセラミックが欠けて、端から崩れてきている状態。そして、その手前の歯。これがいちばん深刻で、歯ぐきに内部から炎症が起きている。見せられたレントゲン画像では、なるほど内部の、歯の根っこと接する部分が、何やら黒く写っている。これもセラミックを被せた歯だが、神経は抜いてある。根っこの神経の通っていたところは空洞になっており、その空洞と、おそらく治療の際つけられたであろう穴とに、長年にわたり詰まった汚れが石化して、そこに溜まった細菌が、炎症を引き起こしているらしい。

すべて昔に治療した歯だ。

再び虫歯にしてしまうなんて、歯みがきをサボっていたみたいだが、そうではない。ひと頃までクリーニングに通っていたことは先述の通りだし、ふだんも、その歯医者さんおすすめの歯ブラシでせっせと磨いていた。歯間ブラシも併用し、ややマニアックな気質の私は「ここはMサイズの歯間ブラシ。ここはSS」と使い分けているほどだ。

今度の先生も「総じてよく磨けてはいるんですよ」。縁なし眼鏡をかけた、四十代前半とおぼしき男性医師で、贅肉《ぜいにく》の少ない体に働き盛りの気のようなものが漲《みなぎ》っていた。

先生によると、詰め物は継ぎ目がどうしてもゆるんでくるし、セラミックは割れやすい。その隙間なりひびなりから入る汚れは、ふつうの歯みがきでとるのは難しいようだ。

歯みがきでお口の健康を保てているつもりだったが、レントゲンを撮ったら、要治療の歯がボロボロ出てきた。そういえば前に、スーパーの化粧品売り場に行ったら、特別のカメラがあり、写すと、将来シミになるであろうメラニンがどす黒い点々となり頬を一面を覆い、おそろしさの余り化粧品を買うという流れになっていたような……いや、いっしょにしてはいけない！

治療方針としては、まず炎症を治す。これがいちばん長くかかる。一回あたりの治療も、効果が出るまでの期間もだ。詰め物や被せ物を作るのは、歯ぐきの状態が安定してからになるという。

まさかこんなおおごとになろうとは。キャラメルでとれた金を、接着剤か何かでそのままつけ直せばすむかと、洗ってラップに包んで持ってきていたが、差し出すような場合ではなかった。

炎症の治療は、被せ物を外して、石化した詰まりを除いて、薬を入れ、仮歯でフタをし、しばらく置いて、レントゲンで効果を確認することを繰り返していくらしい。

この詰まりの除去が、おそろしく根気のいる作業だ。空洞そのものが細いし、壁がすでに脆《もろ》くなっているので、ドリルでいっきに掘削することはできない。治療中は目を閉じているため使用する器具は見えないが、感じとしては髪の毛ほどの金属の糸を差し入れ、上下させて、少しずつ少しずつすり減らしていくような。

効率は悪く、ふつうならやりたくない作業だろうが、察するにこの先生はこういうちょっと難しめのことにこそ意欲をかき立てられ、完璧な像に近づけていきたくなるタイプでは。先述のとおり、ややマニアック気質の私は、それもわかる。

初回の治療は一時間半！　口を開け続けていた私は疲れたが、採算を度外視した先生の姿勢には、頭が下がる。

神経を抜いた歯なので痛くないはずだが、金属の糸のような感じのものの動きは響くし、奥にまだ残っているかもしれない神経にいつふれるかと思うとこわくて、麻酔をかけてもらう。

以降毎回、麻酔は必ずかけてもらった。

この段階では、私はほんとうの「こわさ」を知らなかった。この段階はまだ保険治療だったのだ。

掘り進めては薬を注入、続きを掘ってはまた注入、を繰り返すこと三ヶ月。横の穴まで到達し、詰まりはあらかた除去できた。最後の薬を入れ、引き続き経過を観察するが、そろそろ別の歯の治療にもとりかかろうということになる。左とは別個に進められる右下から。そもそもの発端である左上の歯は、いちばん最後に回す。治療中の歯ぐきの状態が安定し、左下の二本を入れ終えてから、噛み合わせの調節もあるのでと、たいへん詳しく明解な説明だ。理屈屋で、似た気質のある私としては、非常に意思疎通を図りやすい。

右下の二本を削って、型をとり、次回までに詰め物を作っておくことになり、ついては材質の相談だ。保険でできる銀色の詰め物は、再び虫歯になりやすいと聞くので、私の選択肢にはない。セラミックか金か。

世の中は非金属化を推奨する向きがあるが、先生によれば、セラミックは割れやすく、金属はわずかに伸び縮みできることもあり、耐久性は金がまさる。過去に治療したセラミックに欠けやひびが生じていることからして、私はどうも噛みしめる癖があるようで、それを思えば、奥は金、外から見えやすい手前の歯はセラミックにする。

支払いを終えると、会計の女性が「次回は歯ができているので、十二万九六〇〇円をお持ち下さい」。今、なんと？　保険外だから万の単位は覚悟していたが、十二万？

診察室では、先生の蘊蓄話《うんちくばなし》に私も入り込んでしまい、かんじんの価格を聞くのを忘れていた。先生も同様で、あれほど詳しいインフォームドコンセントをしながら、価格の説明はなかったような。

が、否やはない。

次の回では、左下の二本も削って型をとることになる。前回と同じく材質の相談。手前の見える歯はセラミックに、奥は迷わず金にした。表向きの理由は耐久性で、内心費用も抑えたく。先生いわく「たしかに、奥は噛みしめの力がもっともかかりますから。セラミックより高くはつきますけど」。えっ、そうなんだ？　審美性もあるセラミックの方が高いかと思っていた。

が、そう聞いたからといって、掌を返すように「じゃ、二本ともセラミックにします」とも言えない。耐久性を優先したい旨、自分からさんざんに話した後なのだ。

会計で次回持ってくるよう告げられた額は、十八万三六〇〇円。とれた詰め物の金を材料の足しにしてもらって、材料費を少しでも安くすませたいが、溶かして鋳造《ちゅうぞう》する手間賃がかえって高くつくでしょうね？　儲け主義でないことは、一回に一時間半もかける治療や、仮歯がとれたときタダで直してくれたことから、重々わかっているけれど。

折しもリフォームの建具を選ぶためショールームを回っている時期。十八万円なんてドア二枚分もする。ドアに比べれば、あんなに小さい物なのに。十年前から憧れているる七万円のテーブルを、リフォームを機に買おうかどうか私は悩み続けているのだが、七万円で悶々としている自分が哀しくなる。

しかも建具や家具と違って歯は、相見積もりができない。ソファーひとつであれ、高いと感じたら別の業者で同等品の見積もりをとって比較する、ということばっかり、リフォームに関してはしているが（これがたいへん）、歯は削ったらもう待ったなしだ。

最後の一本である左上の歯が終わった。五本で計三十八万八八〇〇円。支払いはクレジットカードでなく現金でといわれている。一枚、二枚と数えて出すと、万札に羽が生えて飛んでいった感がある。よりによって、リフォームで物入りのときに。

歯と健康寿命との関係を、雑誌でちょうど特集していた。噛み合わせの安定と生存率とを示すグラフまである。大枚はたいて自宅をリフォームするからには、その家でなるべく長く過ごしたい。このタイミングで歯の方からの土台を作り直しておいてよかった。そう考えるしかない。

歯みがきの限界もわかったので、これからは定期的にクリーニングに行くつもり。

スタイリッシュな洗濯機

洗濯機を買い替えることにした。家のリフォームにより、置き場の事情が変わるのだ。洗濯機置き場をつぶして、洗面所に持ってくる。既存のは十数年前のドラム式洗濯乾燥機でかなり大きく、構想中の置き場には無理。ドラム式洗濯乾燥機でも小さい機種を選べば、計算上なんとか入る。まだ使えるのにもったいないけど、買い替えよう。

パナソニックでたしかプチドラムなるものがあった。マンションサイズであることをうたい、五年ほど前はなばなしく売り出された。ネットで調べて「おっおー」。同じサイズでさらにスタイリッシュな機種が出ている。従来の洗濯機はフォルムがどこか曲線的なのに対し直方体で、その名も『キューブル』。洗濯物を出し入れする円形のドアのふちは、色、質感ともにシャープなシルバーだ。

そう、見た目はおおいにだいじ。今度の家では洗面所とトイレをひと続きにする。トイレは客も使うので、洗濯機がおのずと目に入る。生活感ありすぎでは客も困惑するだろう。

現物を近くのヨドバシカメラへ見にいった。

洗濯容量十キロまでのと七キロまでのがあり、意外にも価格はあまり変わらない。ふつうに考えると十キロの方が高そうだが、七キロのには十キロの方にはない機能が付いているのだろうか。近くにいた若い男性店員に尋ねると「機能はそこに書いてあるとおりで」。価格表示の下にある○×の表を指さす。エコナビ、ナノイーなど機能は十キロの方がむしろ多く、私の疑問は解けぬまま。

それにしても……。昨今は店に行っても、なんかこう、無気力試合ならぬ無気力対応に遭うことが多い。かつてのような「ご来店ありがとうございます。洗濯機をお探しですか！」とはちきれんばかりの笑顔で飛んでくる歓迎ぶりがないのである。説明もなるべくしたくなさそうな雰囲気が。「どうせ聞くだけ聞いて、ネットで買うんだろ」的なあきらめというか。はじめから勝負を投げている感じが漂う。私は家電に詳しくなくそのぶん依存心があるので、一円でも下げさせたい、ということはなく、相談できる方を求めているのだが、そういうタイプの客をみすみす逃しているのでは。

機能の表ならパンフレットにあるから「それではパンフレットをいただいて検討します。価格をメモさせて下さい」。ペンを取り出すと「あ、価格も変わるんで」。その行動も店員は歓迎しないようす。「今の価格でいいです。何らかの検討材料がほしいので」。メモしていると「十一月頃新商品が出るとの噂もありますし」、呟くように言うのを私の耳はキャッチした。それって、どう解釈すればいい？　もう少し待った方がいいということ？　今ある商品の価格がもっと下がるとか。

そう聞くと、「手に入りにくくもなります」。ということは、需給の関係でむしろ上がる？　これまたどうともとれるひとことで、相変わらず疑問を残したまま、店を後にした。

ともかく真偽のほどを確かめねばと、帰宅後再びネット検索。新商品に関する情報はなく、代わりに私の関心は、今ある『キューブル』の評判の方に寄っていった。特に「ヒートポンプ式でなかったの!?」という声だ。ヒートポンプ式とはなんぞや？

洗濯乾燥機の乾燥のしくみのひとつであって、詳しい原理はわからぬが、機内の湿気を吸い取り水に変えて排出する。ひらたく言えば除湿器で乾かすようなものだそうである。ヒーターも冷却水も使わないため、省エネかつスピーディー。対して『キューブル』は、ヒーターで加熱した低温風を吹きつけるもので、ヒートポンプ式に比べ、電気代も時間もかかる。さらにヒートポンプ式では湿気を水に変えて排出するのが、こちらでは湿気を含んだ空気を排出する。これは室内で換気がじゅうぶんできないところ（リフォーム前のわが家の洗濯機置き場がそう）に置いたら、窓がくもったり壁が結露したりしそう。

『キューブル』の購入者は、皆さん見た目は大絶賛だが、不満はこの湿気排出問題と、乾燥機能への期待外れとの二つに集約されるようだ。プチドラムがヒートポンプ式だから、同じパナソニックでもあり『キューブル』もてっきりヒートポンプだと思っていたのに」というがっかり感も加わって。

するとプチドラムの方が優秀なのか。

おしゃれ度が『キューブル』に劣ることは否めない。丸みを帯びたずんぐりむっくりなのは許せるとして、洗濯物を出し入れする大きな円形ドアのふちも内部も黒というのが……。『キューブル』のふちをステンレスの調理器具に喩《たと》えれば、排水口のごみを防ぐ弁のような。プチドラムをすでに使用中の人には申し訳ない喩えだが、比べてしまうとそう思える。

理想は『キューブル』の見た目はそのままで、ヒートポンプ式なこと。十一月に売り出されるとの噂の新商品に賭けるか。リフォームの完成は十二月だから、買い替えを急いではいないのだ。

同じことを望む人はいるらしく、その趣旨の質問が、口コミサイトにも寄せられていたが、詳しい人（どんなジャンルにもそういう人がいる）が答えるには、可能性はまずないと。『キューブル』はデザイン的にもサイズ的にも無駄を削ぎ落としたものなので、ヒートポンプの装置の搭載は無理と。何より「あれだけスタイリッシュな機種だから、その上ヒートポンプ式にしたら、パナソニックの他の機種が売れなくなってしまうでしょう」という意見に説得力があった。

落ち着いて考えれば、私は何も乾燥機能は最上でなくていい。リフォームで浴室乾燥機がつくし、そもそもは外干し派。メインは外干しで、雨の日などのサブとして浴室、サブのサブとして洗濯機にも乾燥機能がついていればいいな、くらいの位置付けだ。

あくまでも見た目重視で、『キューブル』でいこう。サイズは六〇センチ×六〇センチの防水パンにぎりぎり載る七キロの方にして。

決めたら後は購入のタイミングだ。

口コミによると十一月に新商品が出るのは白物家電の恒例のようで、先んじて九月か十月に世の中への発表がある。それを受けていっきに市場は動くのだろうか。私がおそれるのは、新商品が出れば旧バージョンとなる今の『キューブル』が品薄になること。今の『キューブル』の売り出し時の価格を知って、驚いた。ヨドバシで十五万円台だったのが二十何万円。新商品も同等の価格となるだろうから、なんとしても旧バージョンを確保せねば。

価格をグラフで示すサイトもあって、新商品の発表もまだない八月下旬時点（私が購入を検討しはじめた時点）で、日に日にじわじわ下げているようだ。遠からず型落ちとなる商品の在庫を抱えたくない販売側と、さらなる値下げを待ちたい側とで、睨み合いの様相だ。「最低価格更新のお知らせ」メールを受け取る設定をし、推移を見守ることにする。

価格の安い順では、ヤマダ電機が税込みにして十三万円台と常に上位。義理堅い私は、パンフレットをもらったヨドバシで買いたいのは山々だけど、価格にこう差がつき、それを埋め合わせるほどの対応がないから、旗色が悪い。ヤマダ電機に偵察に行く。

声をかけてくる店員さんを「引っ越しはまだ先なので、今すぐでなくていいんです」と牽制すると、「ただすでに在庫が少なくなっていて、入荷が三週間待ちの状態です」。品薄感が早くも出ている！

値下がりと商品確保との、今が折衷ラインかと手を打った。税込十三万七三四〇円。購入後もパソコンには「最低価格更新のお知らせ」が毎日のように送信されてくるけれど、知るのがこわくて、そのままごみ箱へと移していた。

九月下旬。リフォーム中の仮住まいに、商品が届く。使ってみればなかなかの優れ物だ。洗濯時間が前は六十分かかっていたのが、半分の三十分ですみ、音も静か。見た目だけの商品ではなかった！　購入者の不満として挙げられていた乾燥機能と湿気排出問題は、購入から今までは外干しですんでいるので、まだ未知数。

これまでの買い物の失敗談から、「ほどなく発表された新商品には、『キューブル』にヒートポンプが搭載されることを知り……」という展開を予想した読者もいらっしゃるかと思うが、幸いにして、それはなかった。

そして来るそばから捨てていた「最低価格更新のお知らせ」を出来心でふと開くと、なんと十六万円台に上がっている。そうか、「更新」は単なる変動であって、前の最低価格を割り込むとは限らないのだ。V字を描いているならば、私の買ったあたりが底値だったと思っていいのでは。

今の不安は、リフォーム後の置き場に入るかどうか。図面上は可能なはずだが……。リフォームの完成をどきどきしつつ待っている。

アンティーク家具通販

白い椅子がほしいと思った。洗面所兼脱衣所にひとつ置きたい。風呂上がりに身につけるものをちょっと載せたり、髪を乾かす間腰掛けたりできる。肌着類を床にじかに置き、立ったままドライヤーをかけるよりも、優雅である。

スツールでなく背もたれのあるチェアが、座り心地がよく、背もたれにも服やタオルをかけられる。くつろぎ空間にふさわしく材質は木で、白木ではなく、白く塗装したチェアがいい。

この買い物は楽勝だと思った。白い家具なんて、着せ替え人形のおうちに象徴される永遠の憧れ。少女時代、家が純和風で縁がなくても、人生のどこかで必ずかなえたくなる夢だろう。

家具店に行けば大きさ、形、よりどりみどり、うまくするとセール品に出会え一万円くらいで買えるかも。

一発で決めようと、家具の殿堂、大塚家具へ乗り込んだ。

ところが思いがけない大苦戦。椅子は各階にあるので店員さんに案内してもらったが、「白は今、少ないんです」。

意外だ。永遠の憧れと思うのは、畳にちゃぶ台で育った昭和の女に限ったことで、今は流行《はや》らないのだろうか。フロアの隅にあったのは、少女趣味を通り越して痛いおばさん趣味（私？）になりかねない、思いきりロココのチェアである。背もたれは手鏡のような楕円《だえん》形で、植物の彫りが施され、脚はつる草を思わせる曲線、背もたれと座面にはバラの模様の布が張られている。装飾がすご過ぎて、風呂上がりのためのタオルや肌着を「ちょっと載せる」雰囲気ではない。

自分の趣味は「姫系」と呼ばれるものに近いらしいと、うすうす気づいている私は、姫系とカントリー調の中間を行く『ローラ アシュレイ』のショップを覗いてみた。背もたれも脚も直線的、脚にちょこっと玉をつないだみたいな意匠があるくらい、座面は無地の生成りという、いい感じのさりげなさのチェアがある。価格は三万八三四〇円。これに配送料がかかるのか。

リフォームでお金を使い果たしている私は、安さを求めてネットで探す。「白　木　チェア」でいろいろ出るが、わかったのは好みの白は、冷蔵庫の内側のようなつるぴかの白でなく、オフホワイト寄り、かつ、木の風合いをほどよく残したものということ。「アンティークホワイト」と呼ばれるようだ。

「アンティークホワイト　木　チェア」で、ネットショップや、オークションサイトを検索するが、なかなかない。風合いを求めれば、ローラ アシュレイの価格に近づいていく。

私の場合、大きさの制約もある。背もたれ付きの椅子は一般的にはダイニングチェアだが、通常のダイニングチェアだと、洗面所兼脱衣所に置くにはかさばりすぎる。

今、玄関で荷物の受け取りの際などに台代わりに使っているチェアは、背もたれつきだが小ぶりで軽い。木でできており、丸い座面に棒をたわめたような背もたれと脚がついている。家のは茶色だが、あれの白があればいいのだけれど。

「アンティークホワイト　チェア」の検索を続けるうち、繰り返し現れる広告に気づいた。アンティーク家具の通販ショップらしい。「アンティークホワイト　チェア」としつこく入力するうちに、「アンティークのホワイトのチェア」をほしがっていると、パソコンが勘違いしたか。

視界のはしに出入りするそれを、はじめのうちは無視していた。アンティーク家具を通販で買うなんて、いくらなんでも危険すぎる。ユーズドだから状態は千差万別。現物を見ないことには。

が、しだいに目が行くようになった。検索が手詰まりになってきたのと、敵のちらつかせる商品画像のひとつが、家にある茶色の椅子で「あれの白があれば」と思うものとほぼ同じ形なのだ。脚の付き方、背もたれの棒のたわみ具合、本数。考えてみれば茶色の椅子もアンティーク。同じ時代に同じ工房で作られたものなのでは。

画像をクリックすると価格が表示され、税込三万二〇〇〇円。いったんは心が離れた。

だが、翌日も翌々日も探し続け、価格的にはこのへんがいいところかもと思えてきた。一万円くらいのセール品に出会えればという当初の期待とは隔たりがあるが、ローラ アシュレイより安く抑えられる。

アンティークだから一点もの。煩わしいほど画像をちらつかせてくる今は、こちら次第で買える気でいるけれど、いつ別のお客さんの成約済みとなるかわからず、そのときの落胆は大きそう。何のかんの言いつつ、ローラ アシュレイを除き、これまでいちばん気に入っているのである。

現物を見ないで買う不安はあるけれど、ユーズドでも個人出品のオークションと違ってショップ。そこそこ信用していいのでは。ショップの案内をよく読めば、専門の職人がきれいに修繕して送るという。

そして返品も可能とある。不良品のみならず、実際に部屋に置いてみたら合わなかった、という理由でもいいそうだ。さすがはショップ。画像のみで判断させ基本ノークレーム、ノーリターンのオークションとは、訳が違う。迷ううち売り切れて後悔するより、まずは現物を見よう！

配送料はたまたまキャンペーン中で千円のみとのこと。これもご縁かも。商品代との合計三万三〇〇〇円をクレジット決済で購入した。

数日後到着。ご丁寧にも段ボール箱で梱包されている。椅子の形に合わせて背もたれ側の高くなった段ボール箱だ。底のガムテープを切って、底から引きずり出す。届いた品の箱はその場で潰す私だが、これは解体するのに体力が要りそうで、後日にすることにした。

引きずり出した椅子を立ててみる。第一印象は「大きい」。うちにある茶色のチェアより二回りか三回りは。うかつであった。形がほぼ同じなら、サイズ感もほぼ同じと思い込んでいた。着替えは置けても、着替えるスペースがなくなりそう。

そして色……。アンティークの割に「アンティークホワイト」ではない。質感こそつるぴかではないものの、色としては冷蔵庫の白だ。その質感も……座面のふちの目立つところに一センチほどの剝げがあるのは、商品画像で知っていた。「アンティークな風合いを出すため、あえて塗らずに地の色を残しているのだろう」と好意的に受け止めていた。

が、その剝げ目から覗く色が、なぜか青なのだ。画像では黒っぽく見えていたので、茶色だろうと思っていたが、まさか青とは。前に使っていた人が青ペンキを塗っていた？

私はそれを昼はリビング、夜は寝室と目につくところに置いて、慣れようとした。が、やはり違和感がある。

返品は到着から三日以内の連絡の上、五日以内が期限である。決断は早くせねば。気になるのは往復の送料だ。返品の送料はこちらの負担、行きの送料は実際にかかった額を差し引いて返金という。たまたまキャンペーン中で千円だったが、実際にはいくらか。椅子なんて送ったことがなく、見当がつかない。あまり高ければ、違和感をがまんして使うこともあり得る。

ショップに電話して聞くと、行きはおそらく三千円くらい、それと手数料を千円くらい差し引くとのこと。

こちらからの送料をヤマトのホームページで調べれば、縦、横、高さの合計と届け先の地域による。正確な額は測ってもらってのことになるが、概算では三千円はしそうにない。

それは梱包した場合である。むき出しだと「らくらく家財宅急便」の扱いとなり五千円超。箱に入ってきたわけがわかった。箱をとっておいてよかった。

改めて返品を申し出、集荷に来てもらった。送料二九六六円。行きの送料と手数料を合わせ、何も買わずに七千いくらが消えたわけか。でも家具なんてそうそう買い替えるものではない。「なんか違うな」と思いながら、家にずっと置いておくよりよかったかも。

椅子探しは振り出しに戻る。うちにある茶色の椅子が、大きさ、軽さ、形いずれも理想なのだから、ホームセンターでアンティークホワイト色のペンキを買ってきて自分で塗れば、いちばん確かで安いのだが、たぶん一生しなそう。

　ショップについては、返品連絡をしたときも嫌そうな声ひとつ出さず、返品が届いたときも留守番電話にメッセージがあり、終始丁寧。後日、返金処理が間違いなくされたことの確認がとれれば、申し分ない。

　しくみと対応は高評価。だが買うならばそれなりに覚悟の要る、アンティーク家具の通販だった。

ハンガーを揃える

クローゼットのハンガーは何をお使いだろうか。「ハンガーなんてわざわざ買ったことない。クリーニング屋さんでもらう針金ハンガーが売るほどあるし」という人も多いのでは。

かつての私がそうだった。シャツブラウスやワンピースは針金ハンガーに、ジャケットやコートは、買ったとき付いてきた黒のプラスチックハンガーに吊るしていた。が、見た感じあまりにバラバラなので、あるとき針金ハンガーを一掃。業務用の薄いプラスチックハンガーをまとめ買いし、それに替えた。六十本で一二六〇円。消費税が五パーセントの頃の買い物だ。

板状の硬いプラスチックで、色は黒。ジャケットやコートに使っている厚みのあるハンガーとも色が合い、「統一感があるって、気持ちいいわ〜」と大満足だった。

が、自宅のリフォーム工事が進むにつれ、状況は変わった。業者さんとクローゼット内のハンガーパイプの位置を決め、「中の壁のクロスは白でいいですか」「はい」と合意した後、黒のハンガーが並ぶさまを想像した。姫系のクローゼットが出来上がるのに、その白い壁を前に、廃棄物を覆うビニールシートみたいな黒でいいの？

私の美意識はもう、ハンガーの色を統一することでは満足できなくなっていたのだ。この機に買い替えよう。リフォームで物入りのところへ、またも出費がかさむけど、六十本一二六〇円の世界なら、耐えられる。数えると、薄いのが六十本。コート、ジャケットをかけてある厚みのあるものは、三十本。厚みのある方は、先述のように服を買ったとき付いてきたのをそのまま使っているので、価格はわからないけれど、薄いのより値の張ることを覚悟して。

新しい家にはピカピカのハンガーで入居したく、仮住まいの間に買い替えることにした。

当初は薄いものも、厚いものも、それぞれを同じような品の白に買い替えればいいと思った。が、ネットで探しても、それに該当するものがなかなか出てこない。業務用にまとめ売りしているプラスチックハンガーは基本、黒のようだ。

無色といえば無印良品か。調べると白ではないが半透明のものがあった。洗濯用でなく収納用のものは、一本二六〇円で、六十本一二六〇円の世界からは遠ざかる。ハンガーって私が思っているより、高いのかも。本腰を入れて探さなければ。

ハンガー、おすすめ、などのキーワードで検索するうち、『マワハンガー』なるものがよく出てくることに気づいた。ドイツ製で、収納上手の人たちには評価されている商品らしい。評価の理由は、服が滑らない、服に跡がつかない、かさばらない。

画像を見た瞬間「針金?」と思ってしまった。フックの下にシルバーの棒が中央から両端にかけて、なだらかにカーブし、端に近いところでもういちど角度を変えて下へ向いている。

いたってシンプルだが、針金ハンガーより太く、フック以外はシルバーの樹脂でコーティングしてある。このコーティングが滑らない秘密らしい。

滑らない。ハンガーにおいてこれは重要だ。出し入れのたびに服が滑り落ちるほど煩わしいことはない。黒のプラスチックハンガーをまとめ買いしたときも、そのことは考えた。ハンガーの肩の中ほどに凹みがあって、服がずれても襟《えり》ぐりが凹みにひっかかって落ちないものを選んだのだ。

服に跡がつかない。これも私は黒のプラスチックハンガーへの買い替えのとき、注意を払った。ハンガーの肩が服の肩よりも出っ張ると、肩口あたりに跡がつくので、レディース用のハンガーに限定して探したのだ。

『マワハンガー』（以下マワ）は服の肩幅よりはあきらかに広い。が、なだらかなカーブや端の角度に秘密があるのだろうか。ネットで見る収納上手さんたちは、女性用の服でも肩の跡が出ないと大絶賛だ。

かさばらない。これもだいじ。針金ハンガーの後継として買った薄いプラスチックハンガーは、まさにそのために選んだ。

それらの条件をかなえた上に、マワは白の壁にとってても合いそう。でも価格が、Amazonで私の調べたときで十本組一九五〇円。六十本で一一六〇〇円の世界から、さらに隔たる。

他に収納上手さんたちの支持を得ている商品に、『ダッチハンガー』というのがあると知った。マワのドイツに対してオランダか。どちらも質実剛健そうだ。

こちらはマワのような棒状でなく、板状。ベルベットふうの起毛生地でおおってある。その生地が滑りにくさと同時に、ハンガーの跡のつきにくさにもつながっているのだろうか。服との間のクッションとしてはたらいて。

これもよさそう。というのも家にある黒のプラスチックの板状ハンガーも、生地がやわらかかったり伸びやすかったりする服には、隙間テープを貼って使っている。隙間テープとは、スポンジが接着面の反対側についたテープであり、クッション性を持たせる点で、ダッチハンガーと同じ原理だ。

Ａｍａｚｏｎでダッチハンガーを調べると、私の望む白と近いベージュがある。類似の商品がいくつかのメーカーから出ており、まとめ売りの単位がバラバラなため、比較しにくい。

一本あたりの価格の表にすることにした。コストコ、ニトリ、山善……。パソコンの前で電卓を叩き、メモを取りながら、「まさかハンガーを、これほど追究することになろうとは」と意外の感に打たれている。リフォームを機に、思いもよらぬものの深みにはまった。

軍配はニトリに上がった。「すべりにくい省スペースハンガー　レディースサイズ」、五本で二八五円、ただし税抜き。

ニトリは税抜き表示なのがまぎらわしく、少しでも安いと錯覚させようとしているのではと勘ぐりたくなる。たしかに税込み価格に直した上での対決は、コストコが僅差で制するが、コストコの販売単位は五十本であり、六十本必要な私は百本買うしかない。

ニトリには「すべりにくいアーチ型ハンガー」なる、マワそっくりな商品もあり、こちらは三本で二七七円＋税。マワのパクリかと思えるほど酷似しているが、マワのあの独特のカーブと角度を、どこまで再現できているのだろうか。

ネットで語る収納上手さんの中には、ニトリのダッチもどき、マワもどきについて使い勝手をシビアに検証している人もいる。いわく、マワもどきは、鴨居《かもい》にかけようとフックを九十度回そうとしたら回らずにコーティングが剝がれたとか、ダッチもどきは、クローゼットから服を取り出すため少し引っ張っただけで折れたとか。

模倣品はダメという話に読めるが、それらの欠点を私は受け入れる。フックが回らなくてもいい。鴨居にはかけないから。ていうか、リフォーム後の家に鴨居はないから。折れやすくていい。承知の上でやさしくやさしく扱うから。価格の差には抗しがたい。

ダッチもどきと同じベージュの起毛生地におおわれ、厚みのある、「すべりにくいレディースコート・ジャケットハンガー」もニトリにはあり、こちらは一本一八五円＋税。薄いハンガーよりはお高いが、滑らないコートハンガーとしては相当安い。マワにもレディース向けコートハンガーがあるけれど、Ａｍａｚｏｎでいちばん安くて一本あたりがニトリの倍。違いすぎる。

厚い方はほぼそれで決まりで、薄い方はダッチもどき、マワもどきのどちらがいいのか。お試しに一組ずつ買って、実際に使い比べよう。ただしそれだと、五百いくらの商品に送料が五百円＋税がかかる。送料無料は税抜き価格七千円から。「すべりにくいレディースコート・ジャケットハンガー」を三十五本買い、総額をどうにか七千円以上にした。

コートハンガーは入荷待ちで半月以上先の配送となるとのこと。マワもどきとダッチもどきのみ届く。

使い比べると、マワもどきの圧勝だった。ダッチもどきは思ったほどのクッション性がなく、服の袖つけの縫い目とハンガーの端とが少しでもずれると、段差のような跡がつく。マワもどきは、なぜかどんな服にも合う。ラグラン袖のように肩と袖がひと続きのシャツブラウスでも、ニットのワンピースでも、服の形を損ねず収まる。シルバーのフックが並んださまは、美意識も満たされ、マワもどきを迷わず追加注文した。

不安は、まだ来ぬ「すべりにくいレディースコート・ジャケットハンガー」。これ以上の安さは望めまいと思ったのと、送料無料にするためとで、お試しのプロセスを経ず、いきなりまとめ買いしてしまったが。ダメだったときの損失は大。

祈る思いで待っている。

トイレブラシあれこれ

家のフルリフォームという大きな買い物をしたからには、しばらくはものを買う気がなくなるだろうと思っていた。貯金の流出はこれで一段落するものと。

甘かった。家が新しくなるにともない、家の中にあるこまごましたものの古さが気になってくる。仮住まい中からそうだった。キッチンで洗ったお皿を拭いていても、布巾のしみや端のほつれに、ふと手が止まる。「これを、新しいキッチンの布巾掛けに下げるのか……」。

入居前のフライングの買い物は、極力控えていた。実際に住んでみないとわからない。引っ越してから、あればいいなと感じたものを、徐々に調えていけばいい。

が、そうした自己規制をすり抜けてしまうものが、まま出てくる。トイレブラシもそのひとつだ。

トイレについては、私は割ときれい好き。「サボったリング」を作らないよう、トイレを出る前に便器の内側をさっとこするのを習慣にしていた。その日も仮住まいのトイレでいつものようにひとこすりし、握ったトイレブラシをじっと見る。「これを、新しいトイレに置くわけか……」。

どこが悪いわけではない。ひとつのものを長く使い続ける私だから、トイレブラシも濡れたら乾かし、ときに漂白剤で洗うなどして、きれいを保っているつもり。見たところ汚れはないし、悪臭を放ってもいない。が、他でもない便器の内側を何千回、いや、何万回とこすってきたもの。何も律儀に新居へ持っていかなくても、この機に買い替えてもいいのでは。買い替えるなら、ブラシ立てごと。

今あるブラシを引越トラックに載せてわざわざ運ぶまでもない気がする。仮住まいに新しいのを買っておき、入居と同時にそちらを使いはじめよう。

そう思いついて間もないある日、外出中の駅ビルで通りかかった店に、目を引くトイレブラシ立てがあった。色は白で、形は一見、蓋付きのポットのよう。ポットにあたる部分は円筒形で、上下の縁に二本ずつ、白の地を盛り上げたような線が横に入っている。蓋にあたる部分は円錐形《えんすいけい》。中央に白い柄が挿してあり、トイレブラシとセットらしい。材質は陶器か、硬質の合成樹脂か。急いでいたので手にとって眺めることはできなかったが、棚の前のプライスカードだけチェックする。税込三八八八円。

かなりいい、でも高い、という印象だった。

こういうときに考えることは二つ。①ネットならもっと安くあるのでは。②似たようなので、他にないか。あれを第一候補にして、他も探してみよう。

帰宅後、さっそくパソコンに向かう。まず知りたいのは①である。しかしメーカー名がわからない。「トイレブラシ立て　白」で検索してみると、膨大な数が出てしまった。

ネットで商品を探していると「おしゃれ」という検索ワードが出てくる。「歯ブラシ立て」を例にとれば、「歯ブラシ立て」と入力すると、よく検索されている条件として、先回りして表示される「歯ブラシ立て　おしゃれ」「歯ブラシ立て　かわいい」などの候補だ。

あれを見るたび私は、「こんな曖昧《あいまい》なワードで検索して買う人がいるのか」と半ば呆れていた。おしゃれかどうか、かわいいかどうかなんて、まったくの主観。客観的な検索条件たり得ないのではと。が、自分がこうなってみて、よくわかる。他に何のとっかかりもない中では、そんな曖昧なワードにもすがらざるを得ないのだ。

「トイレブラシ立て　白」に「おしゃれ」を追加。それでもまだ収拾がつかない。商品名に「おしゃれ」を付けて売る人もまた多いことを知った。

材質が陶器っぽかったことから「おしゃれ」をやめて「トイレブラシ立て　白　陶器」で検索し直す。意外にもこの方がおしゃれで、気恥ずかしくなるものが多い。

白い地に薔薇とリボンの模様→ティーカップ？　紋章ふうの浮き彫りのあるもの→由緒正しいお宅のトイレなのですね。香水瓶をかたどったもの→臭い消しというシャレ？　どれも仰々しすぎる。凹凸が細かいと埃《ほこり》がたまりやすいということも考えないと。

円筒形で上下に縁取りを施した、店で見たのに比較的似ているものがあった。が、商品画像を拡大すれば、縁取りは格子と植物ふうの柄で、惜しいところで装飾過多だ。商品名には「ロマネスク」とある。このテイストの近辺で探していけば、イメージのものにたどり着けるだろうか。

ロマネスクに似たワードとして思いつくのは、ゴシック、バロック、ロココ……。

西洋美術史をおさらいする感じになってきた。ロココといえばフレンチ、フレンチでだめならイギリス、イギリスといえばクイーン・アン、いっそ姫系？　連想ゲームのように次々入れて「ゴシック　トイレブラシ立て」「姫系　トイレブラシ立て」などと検索し続けていると、自虐的な笑いがこみ上げてきた。トイレの掃除用品に何をおおげさな。女王様が便器をこするか？

ひと通り打ち込んでみて、わかった。陶器のトイレグッズは、概してやりすぎ。店で見たものは、やはりいい感じだった。不毛な検索作業だったが、あの商品でいいのだと確認するプロセスだったと思おう。

メーカー名が突き止められた。『倉敷意匠計画室』という、変わった名。説明では――江戸時代から続く美しい町並みで知られる岡山県倉敷市。『倉敷意匠計画室』と『倉敷意匠分室』は、今も手仕事の伝統が残る倉敷を拠点に活動する雑貨メーカーのブランドネームです。日用品として日々使われることで、より美しく育っていくような、誰かにとってのかけがえのないモノを送りだしていけるよう願う、小さな小さなブランドです――。

町並みと手仕事の伝統の間に、論理的つながりがあるかどうかは別として「用」と

「美」を兼ねる良質な日用品を送り出そうという志は伝わってくる。

材質は「半磁器」とあった。商品画像で知ったのは、トイレブラシ立ての後ろ側が底の部分を残して縦にすっぱり切れており、ブラシがむき出しになっていること。検索で思うような結果が得られない間は「こんなことなら白いふつうのポットを買って、そこにブラシを挿すようにした方が早い」と思わなくもなかった。が、ここが単なるポットとの違い。ブラシが乾きやすいようにできている。さすが「用」を追求する計画室。

お値段は私の探した範囲では、どのサイトも三八八八円だった。それだけの価値はあるとみなす。

レビューを読むと、ブラシ立てについては概ね高評価だが、ブラシに難ありとする人も。商品画像からはわからないが、ブラシの柄は二本をつなぎ合わせるもので、強度が弱く、力を入れて便器をこするとすぐ外れると。

しょっちゅうこする私は不安だ。が、この商品の主眼はブラシ立ての方である。ブラシは何もこの商品でセットになっているものを使わなくても、別のにすればいいだけのこと。そう考えて、購入した。

仮住まいに届いたそれは……たしかにブラシは頼りない。二本を差し込んで回してつなぐのだが、はじめから一本にしておかない理由がわからない。ブラシ立ての入る大きさの箱に収めたかったから？

つないでも柄は三十センチもない短さで、正直、使いにくそうだ。しかもまっすぐな柄に、先を丸く切り揃えたブラシがついているだけ。メーカー名を出しておいてこう申し上げるのも何だが、今どきコップブラシでももう少し工夫がある。私の今使っているトイレブラシはスーパーにふつうに売っているものだが、柄の先が曲がって、便器のふちの裏側まで入り込んでこすれるようになっている。ブラシ立ての「美」が追求されているのは、充分に感じられるが、反面ブラシの「用」の方への情熱は足りないような……。

まあ、いい。はじめからブラシ立てが主眼の買い物だった。使っているブラシと同じものを買ってきて、試しに入れると……入らない。円錐形のてっぺんにある、ブラシの柄をはめ込む穴の径が小さいのだ。これに合う細さのブラシって、世の中にあるのだろうか。

とりあえずセットのブラシを使うことにし、入居したその日、新しいトイレに置いてみる。やっぱりすてき。

そしてそれきり出番がない。リフォームでトイレを選ぶ際、用を足す前後に除菌水というものが便器の内側にスプレーされるものにしたのだった。その除菌水が期待以上に効果的で、汚れがつかない。掃除の要らないトイレなのだ。

ブラシ立ての見た目には満足。が、大騒ぎして買うまでもなかった気はする。

スマホが壊れた！

スマホが壊れた。まさか、であった。自宅近くのクリニックの低いソファで、会計を待っていたときのこと。名を呼ばれて立つと、脇に置いていたトートバッグがゆっくり倒れ、スマホが床へ滑り出た。

支払いをすませて外へ出て、「さあ、この間のメールをチェックするか」と電源ボタンを押したが、画面はまっ暗。画面外の電源ライトは点いており、着信を知らせる音もするのに、タッチすべき画面がないので、電話にも出られない。中身は生きていても、画面が無表示だとスマホは死に体であると知った。

それにしても、走行中の自転車から落としたわけでもない。若者なんて、交通事故で大破した車の窓みたいにハデなひびの入ったスマホを、平気で操作しているではないか。私のは傷ひとつないのに、なぜに!?

家に寄って契約書類一式を持ち、買った店である家電量販店内のカウンターへ。幸い、知った顔がいた。携帯会社の赤いベストを着けた理系ふうの眼鏡男子で、私は彼にスマホとPCメールをつなぐ設定をしてもらったのだが割と親切だったので、その後も使って困ったことがあると聞きにいっていた。

症状を話すと、彼は見て、いろいろ操作もしたが回復せず、メーカーでの修理になるとのこと。書類と店のデータを調べ、「あー、補償はつけていませんね」。こういうケースに対応する補償に、購入時、加入していないと。そうだったの?

購入時は、彼とは別の男性が担当で、館内放送が鳴り響く中、通信量がどうの月額割引がどうの解約料がどうの事務手数料がどうのと、複雑極まる説明をえんえん受けたが、補償オプションについては、ついぞ聞かなかった気が。あるいは聞いたが、「特別の補償なんて要らないでしょ。前のスマホの二年間、壊れたことなんてなかったし」とタカをくっていたのかも。まさか買って半年もせぬうちに、こんなことになろうとは。

通常の補償は付いている。買って一年間の修理は無償。が、落下による故障は範囲外とすることが、そこには明記されていた。

修理代がいくらになるかは、家電量販店内のそのカウンターではわからず、携帯会社の代理店での取り扱いとなるそうだ。おそらく二万何千円で、十日から二週間かかるという。そんなに！

その間代替機は貸し出されるそうだが、借り物の不自由感は否めまい。「いっそ買い替えようか」とは誰もが思うことだろう。が、購入後間もない私は、月々分割払いしている本体代金がまだかなり残っている。眼鏡男子が概算したところでは、二万七〇〇〇円。それに新しく購入する本体の代金が加わるので、似た機種で比較的安いものを選んでも、計三万九八〇〇円になるという。

修理との差額が一万円くらいなら、買い替えてもいいかと、私は思った。買い替えなら、その日から自分のものとして使える。修理代を聞かないことにははじまらないが、近くの代理店はもう閉店しているとのことで、翌日に持ち越した。

翌日の不便さは言うまでもない。日中外出していたが、PCメールへの対応をいかにスマホに頼っていたか、よくわかった。添付ファイルも込み入ったものでなければ、移動中に読んで返信できてしまう。その全部を帰ってPCの前に座ってから処理していたら、たいへんだ。

自宅近くの駅に降りるや、代理店へ直行。最初に聞いたのは、修理中貸し出す代替機に、PCメールとつなぐ設定を、店でしてくれるかどうかである。スマホを使う最重要目的でありながら、自分では設定できないつらさ。してもらえないなら眼鏡男子のもとへ戻り、買い替えるしかないと思うほど。

携帯会社のロゴ入りポロシャツを着た、スポーツジムのインストラクターにいそうな男子は「しますよ」。よかった。そのためにPCメールのプロバイダーとの契約書類は、一式持ってきてある。

差し出したスマホを見て、どこも破損していないくらいの衝撃でこうなるのも「めずらしいです」。もしかして初期不良であり無償修理になるのではとの期待が、私の胸に電源ライトのごとく小さく灯った。

修理代がいくらかはここでもわからず、メーカーへ送っての見積もりになるという。見積もりを出す段階で、データは失われるが、その点を承諾するならば、と。否やはない。ところが申し込みの段になり、予想外の事態。なんと、代替機がすべて貸し出し中という。

「近くの店にないんですか」と聞いたが、他店への問い合わせは禁止されているらしい。系列が微妙に違うそうで、言われてみればこの店の男子はみなポロシャツで、眼鏡男子のようなベストを着けた人はいない。

「ご自身で電話していただくか、直接行っていただくか」。その、電話をかけるのも、場所を調べるのもできないのが、「スマホが壊れた」という事態なのだ。そう頑張ると、「お話はご自身でして下さい」。店のスマホに番号だけ入れて渡されたものの、えんえんお話中。待っていられない。行こう！

次の店にもなく、その次と、三軒回ったが、いずれも代替機は出払っており、「めずらしいです」と言われた。めずらしいこと続きって、私ってよっぽど不運なのか？三軒目で二つ離れた駅の店に、ひとつ前の機種だが似たようなものがあるとわかって、取り置いてもらい電車で向かう。

着いたそこでも、PCメールとつなぐ設定をしてくれることをまず確かめ、次いで無償修理の希望も述べた。メーカーに送って、無償ならば連絡なしでそのまま修理、有償なら金額を電話で知らせ、オーケーなら修理に入ることにする。ようやく申し込みまで進めた。

この店はまた別の系列なのか、ポロシャツでもベストでもなく、スーツ着用。とりわけ私の応対に当たったのは、紳士服売り場にでもいそうなシュッとした男子で、接客用語は完璧ながら、表情少なめ。三十代半ばであろう年にしては、妙に落ち着いており、店長格と思われる。設定のかたわら、家のインターネットとテレビをスマホと同じ通信網にするようすすめられた。今なら工事費と乗り換えが無料になるお得なキャンペーンを実施中とのこと。通信関係がとにかくわからぬ私は、現状使えているものを変えることに消極的だが、設定してもらっている弱みから、説明だけは聞いておく。

設定が済み、代替機がPCメールとつながるのを確認して、店を後にした。

それから四日。連絡がなかったので「ということは無償修理になったのだろう。私って不運でもなかった」と思っていたら、五日目に店から電話が来た。申告した症状については無償修理だが、その他にバッテリー接続部のなんたらかんたらに破損があり、そちらは一万六三〇〇円かかると。どの部分？　見たところ、全然わからなかったけど？

無償修理だけ先にして、指摘の破損については、いったん店に戻し現状を確認してからでいいかと聞くと、「メーカーに問い合わせて連絡します」と言い、また数日連絡が絶える。

その間私は家電量販店に眼鏡男子を訪ね、経緯を話し、買い替えの金額をもういちど確認すると「今回は修理でいいんじゃないですかね。一万六三〇〇円は修理代としては安いなと、聞いた瞬間思いました」。正直な人である。

メーカーへの問い合わせ結果の連絡は来ず、しびれを切らした私は、四日目にこちらから店に電話し、有償修理も進めるよう依頼した。その電話から五日目、修理完了の報せが来る。最初の申し込みから、計十四日目。十日から二週間かかると眼鏡男子が言っていたのは、ほんとうだった。

受け取りの際、修理したスマホに、PCメールとつなぐ設定をまたしてもらわないと。パスワード、サーバー名、ポート、どれが何の英数字やら皆目わからぬ私は、プロバイダーとの契約書類一式を渡し、息を詰めて待つのみだ。代替機ですでにしている設定なのに、いろいろな英数字を入れ直してはつっかえているのが不思議。アプリが違うと設定も異なるとのこと。私には未知の領域である。

設定の間にも店長格の彼は、部下が指示を仰ぎに来たり、問い合わせの電話を代わったりで、そのたびに何度も中断される。狭い店内、すぐ後ろには案内待ちの客が溜まり、彼らの視線に突き刺されている私は、針の筵《むしろ》にいる思いだが、ここは引けない。スマホのプロでも手こずる設定が、私にできるわけがない。

さんざんに時間をとって、「設定できました」「ありがとう」ではさすがに帰れず、自宅の通信網について彼のすすめるお得なキャンペーンに申し込み、工事日の予約までするはめに。変えてどうなるか不安含みで、その日を待っている。スマホが壊れた代償は大きい。

しかしこんなにヤワなものでしょうか、スマホって。

スツールを組み立てる

キッチンにスツールがあれば、と思った。吊り戸棚の手の届かない段にあるものを取る踏み台として。立ち仕事に疲れたらひと休みしたり、買ってきた食品を冷蔵庫に入れる前に、ちょっと置いたりもできる。色は建具に合わせて白がいい。

白のスツールといえば少し前に、洗面所にひとつ買った。髪を乾かす間腰かけられるよう。鏡の位置に合わせて、座面が高めのハイスツールにした。木製で、姫系と分類されるであろうブランドのもの。一万円少々という値段の割に作りがきれいだ。同じ白で座面の低いロースツールもあったような。現物を確かめるべく、そのブランドの店へ行ってみた。

あるある。やっぱりきれい。ただし踏み台としての安定性はどうだろう。乗るわけにいかず手をついて、ぐらつかないか調べていると、三十代とおぼしき男性店員と目が合った。

「すみません。踏み台としても使いたいと思いまして」。挙動不審と思われぬようそう言うと、「踏み台としての利用はおすすめできません。あくまでも椅子として作られているものなんで」。店としては、転倒の際のクレームを防止するためにもそう言う他ないのはわかるけど、その前にワンクッションあってもいいのでは。せっかくお目に留めていただきましたが、とか、残念ながら、とか、あいにく、とか。「では踏み台はありますか?」と聞くと、「ありません」。後のフォローもないのである。

何というか、姫系のソフトな趣味に似ず、ここっていつも切り口上。ハイスツールを買おうとしたときもそうだった。これを下さいと言うと「送料がかかりますけど」。車で来ていたので、「持ち帰ります」と答えれば「お持ち帰りはできません。店の展示用なんで」。もしかして喧嘩売っています?

結局そのときは、ネットで購入した。ネットでは送料無料であった。

今回も、現物を見ていいと思ったらネットで買うつもりで来たが、踏み台としての利用に難色を示され、考える。いずれにせよネットで購入するなら、もう少し探してもいい。そのスツールの座面は円形だが、四角の方が、踏み台としては安定しそうだ。

ものを載せる台としても、四角が使いやすい。

ショッピングサイトで、白、スツール、木製で検索すると、理想に近いものが出た。座面が四角で、高さも店のロースツールよりさらに低く、より安定しそう。五四九〇円と、店のロースツールに比べて安く、それでいて、ネジ一本見えておらず、きれい。この価格帯では、表にネジが露出しているのが多いのだ。

送料は四九〇円。無料とはいかないが、かさばるものの割に安い。注文した。

配送の日。届いた箱のうすべったさに目を見張る。折りたたみ式？　開けるとスツールではなく、白い部材とネジ類、六角レンチが入っていた。自分で組み立てるんだったか。

ネジが露出しているかどうかに目を凝らし、組み立てを要することは見落としていた。「あの店のスツールだったら完成品が届いたな」。一瞬後悔しかけたが、店員の切り口上がよみがえり、闘志をかきたてられた。あの扱いに甘んずるくらいなら、ネジ留めくらいしてみせましょうぞ。

実際そんなにたいへんじゃなさそう。木材とはいえ、パーツは五つだ。座面を支える四本の脚は、二本ずつがすでにつながって一枚の板のようになっており、それが二枚。二枚の間に渡す横木が二本。横木の上に載せる座面の板が一枚。

要するに横木を脚に取り付け、その上に座面を載せて固定するだけ。十分もかかるまい。

説明書を裏返すと、折りたたまれたコピー用紙のようなものが入っていて、これには少々面食らった。文章がない。寸胴で無毛の限りなく記号化されたイラストの人が、工具を手に「?」のマーク。次のイラストでは受話器を持っている。ご不明の点があればお電話下さい、というわけか。この調子で言葉を用いず絵解きで示していくつもりらしい。知恵試しされているサルのような気分である。

パーツは少ないがネジを表に出さないためか、組み立て方はやや複雑だ。イラストに従えば、脚の板の片側上部に、ネジを受ける穴があり、そこへまず長さ八センチほどのネジを差す。はじめは手で回して、ネジの先のミゾを沈めていき、固くなったら六角レンチで回す。

イラスト中の数字に首をひねった。ネジの脇に「5cm」とある。ネジの頭を五センチ出しておけということらしいが、それではミゾが入りきらずにまだ余り、ネジはぐらつく。「五センチなんて、どういう根拠に基づいて言っているの?　こんな中途半端な締め方では、踏み台なのに危ないじゃない」。闘志の燃えさかっている私は、その勢いでレンチを回し続け、ミゾが完全に埋まってこれ以上入らないところまで入れた。

イラストによると、このネジを横木にはめる、横木の両はしをなす面には、ネジの入る穴があるのだ。

ここからが読者の皆さんにはわかりづらくて申し訳ないところだが、横木の裏にあたる面には、両はしに近いところに、楕円形のくぼみがある。表からは見えず、裏側だけに彫ってあるくぼみだ。横木のはしの面の穴に入ったネジは、いったん横木の中を通って、この凹みに頭を出す。イラストではそうなっている。その頭と凹みのへりとの間に、うすい金具をかませてから、六角レンチでネジを締め、横木を脚に固定するらしい。

ここへ来て私は失敗に気づいた。横木が登場する前の段階で、めいっぱい締めてしまったネジは、頭が凹みのへりからやっと覗くかどうか。金具をかませる隙などない。「5㎝」という意味不明の数字は、このためだったか。あの段階では、ネジはぐらぐらでよかったのだ。文章がないことよる情報量の少なさの害は、こんなところに現れる。

「中途半端では、踏み台なのに危ない」などと、変に判断をしたのもいけなかった。思考せずに言われたとおりのことだけをするマニュアル的行動に徹するべきなのだ。

言葉を用いない限界は、この後にも痛感した。埋め込んだネジをいったんゆるめ、横木に通して、締め直し、もう一枚の板にも同様に横木を取り付けて、後は座面を載せるだけの段階に来たところで、さあ、ぐらつきはないかしらと立ててみたところ「きゃーん」。年甲斐もなく叫ぶ。私ったら大失敗。横木の色が違っている。上に来ているのが一本は白なのに、一本は木の色むき出しのうす茶だ。

部材はおおむね白く塗装されているが、横木のくぼみのある面は無塗装で、そちらは内側に来るよう取り付けた。組み立てたとき上下に来る面にも、塗装されている側と無塗装の側とがあったのだ。ネジに集中していた私はそれに気づかず取り付けて、いざ床に立てたら、片方は白、片方はうす茶という、ちぐはぐなありさま。「バカバカ、私のバカ」。きれいな白が上でしょう。

うす茶が上になっている方を外して、やり直さねば。先の失敗をリカバーした段階で「もうこれで後戻りはないでしょう」と力いっぱい締めたネジだから、逆回しするには同じかそれ以上の力が要った。

二本とも揃って白が天を向き、いよいよ最終段階である座面の固定に進もうとしたところで、再び「きゃーん」。この上に座面の板が載るのだから、無塗装でいいのだ。板で隠れない下側が、塗装面であるべきなのだ。

二本とも外して、取り付け直し。「バカバカバカ、なんでこんなことがわからないの」。イラストは線のみだから、白もうす茶も区別がない。「横木の上下に来る面にも、白い塗装面と無塗装面とがあります。塗装された面が、完成して立てたとき床の側になるよう取り付けて下さい」と書いてくれたらいいのに。サルでもそれくらい推察せよということ？　先の失敗をリカバーした段階で、もうこれで後戻りはないものと、力いっぱい締めたネジだから……以下同文。十分ですむはずが、計一時間もかかってしまった。

組み立て終えて、ふと気づくと、座面裏のシールに何やら小さなイラストが。目を近づければ、スツールの上に人が立って乗った図に大きくバッテンがついている。踏み台としての利用は禁止と？　「そんなー、どこにも書いてなかったじゃない」。恨みごとのひとつも言いたく、組み立て説明書をめくると、折りたたまれた面のひとつに同じイラストが載っており、その面を私はまるまる見落としていたと知った。気が急《せ》いて、必要そうなところしか見なかったのだ。

踏み台として利用しようとしたことからして失敗だったわけだが、誰のせいにもできない。みんなみんな私が悪いんです。

自分で組み立てたぶん、ロースツールよりもっと危なっかしい結果になったが、すべてをこの身に引き受けて使っていくことにしよう。

軽くて小さいアイロン台

アイロン台を買い替えることにした。今使っているのは、二十年ほど前に購入したスタンドタイプだ。折りたたみ式の脚が、広げるとX型になり、腰くらいの高さで台を支えるから、立ったままアイロンをかけられる。家事に詳しい文化人の男性が「アイロンは立ってかける方が断然ラク」と言うのを何かで読んで、スタンドタイプを選んだのだ。

たしかにかけやすくはある。が、かけられる状態にまでセットするのがひと苦労だ。収納時からして場所をとる。折りたたんでクローゼットのすみにたてかけているが、台の幅が一二〇センチ、そこからはみ出る脚やアイロン置き台も加わって、かなり縦長。それを取り出し、横にしてまず床に置き、そろそろと台を引き上げて脚を広げていくのだが、重さといいその姿勢といい、ぎっくり腰になりそう。

周囲にぶつけないかとはらはらもする。リフォームでせっかくきれいに貼り替えた壁をこんなことで傷つけては悔しすぎる。スタンドタイプがいいなんて男性の家事評論。女性で、かつ筋力のどんどんなくなる年齢では、「もう使っていけないわ」。

「アイロン台、要らなくない？　服を吊るしたままスチームアイロンをあてればすむんじゃない？」と言う人もいよう。それですめばいちばんんだと私も思う。が、知り合いでそう考えて試した人は異口同音に「あれではしわは伸びない」と言う。

スチームを吹きつけても、いわばのれんに腕押し状態。薄い布地だと、スチームの風圧で布が逃げる。ピンと張らせることのできるのは押しつける面あってこそ、アイロン台あってこそのアイロンだと。

今後を見据えて、もっと小さく軽いものに買い替えよう。座ってアイロンがけするタイプなら脚が短く、取り回しもラクなはず。

条件として「仕上げ馬」付きであることは、外せない。

仕上げ馬。ご存じですか。昔、家庭科で習ったような。私ははじめその言葉を思い出せず「あて馬」で検索してしまい、意味を知って赤面した。脇息《きょうそく》……と言うともっとわかりにくいかもしれないが、よく日本旅館で座布団の横に置かれる肘乗せ台。

あれに似た細長い台で、服の細かい部分をそこにあてて、アイロンをかける。

今あるアイロン台には着脱式のものが付いていて、仕上げ馬の下のパイプを、アイロン台のはしのパイプ受けの穴に挿して使う。服の肩をかぶせたり袖を通したり、たいへん便利。

仕上げ馬なんて言葉、今も使っているのかしらと思えば、意外や意外、「アイロン台、仕上げ馬」で検索すると万単位の件数が表示された。あまりに多いため、評価順に並べ替える。

目に留まったのは、仕上げ馬一体型と銘打たれたもので、長方形の台のはし近くにコの字型の切れ込みがあり、切れ込みより外の細長い部分に、袖を通して使うようだ。これは新機軸。切れ込みひとつで仕上げ馬台と台との二つを兼ねてしまうのだ。その名もペアプレス。

しかも収納しやすい。ハンガーフックがついており、クローゼットのポールにかけると、幅、丈、厚みとも背広一枚と同じくらい。場所を取らないことでは、スタンドタイプの比ではない。

台はスチールメッシュ構造で、スチームの通りがいい。スチールメッシュをおおうカバーはアルミコーティング加工で、アイロンからの熱を反射し、熱効率が高く、素早いアイロン仕上げが可能だと。こういう科学っぽい説明は、昔からの通販オタクの心をくすぐる。

さらなる工夫はボタンプレスゾーンだ。表面からは見えないが、スチールメッシュとカバーの間に凹凸吸収クッションがあるので、そこにボタンを下にして置けば、いっきにアイロンをかけられる。これはさぞかし爽快だろう。ボタンが割れないよう、ボタンをよけよけアイロンの先をくぐり込ませる面倒がない。

この商品でよさそうだけど、他にどんなのがあるか一応見ると、またまた新機軸。人体型だ。

さきのペアプレスが直線から成るのに対しこれは曲線。人体の首から腰までを、肩の張りやウエストのくびれまで再現している。店にある白のマネキンを平たくして寝かせた感じ。その名も「トルソープレス」という。

前身頃は縫い目を台のはしに合わせれば、さすが人体型、台の中心線までぴったりフィット。ワイシャツを半分着た人のようだ。後ろ身頃は両肩に着せて、いっきにプレス。クリーニング屋さんのアイロンみたいで、はかが行き、きっと気持ちいいに違いない。

こちらもハンガーフック付き。クローゼットのポールに吊るしてあるさまは、マネキンを家に飼っているみたいで笑えた。スチールメッシュ構造、アルミコーティング加工であることは、ペアプレス同様。ボタンプレスゾーンの説明はなく、搭載されていないようだが、私の服はかぶりのワンピースが主だから、なくていいかも。

私の求める仕上げ馬は、人体型の首の部分がその用をなすらしい。細長く出っ張っていて、袖を通すことができる。条件を満たしている。「よし!」。

注文しかけて「ちょっと待った!」。折りたたみ式の脚が、座卓のように四隅についている。

これだとかぶりの服はかけにくい。かぶりの、いわば筒状をした服は、アイロン台の半分くらいまで中に通すのだが、四隅に脚があるとつかえて、奥まで入れられない。さて困った。

そのお悩みを解決するのが、その名も解決『プレスデラックス』。脚はX型であり、筒状の服もアイロン台の半分近くまで入る。仕上げ馬は着脱式。アイロン置き台のないことを除けば、今あるスタンドタイプのをそのまま低くしたものと考えていい。

スチールメッシュ構造、アルミコーティング加工はこれまでの商品同様。トルソープレスにはなかったボタンプレスゾーンが、これには搭載。デラックスの名にふさわしい。

台の形は人体型より後退とも思える、ふつうの舟形。トルソープレスの生々しいほどのくびれを見たばかりでは物足りないが、あれは今ふうのウエストシェイプのワイシャツに合わせたもの。私には必須ではない。ハンガーフックもないけれど、今アイロン台を入れてあるところにゆうゆう置ける。台の幅七五センチと、スタンドタイプよりずいぶん小ぶり。座ってかけるものだから脚も短く、今のより相当コンパクトになる。注文!

価格は送料込みで三九八〇円だった。

到着までに、今あるものを処分せねば。マンションに通いで来ている管理人の男性は、「もったいない」が口癖で、これまでも粗大ごみを出すと「もったいない。分解すれば、ふつうのごみに出せるじゃない?」と鋸で挽きはじめたことが、何回かあった。

「これはさすがに分解できないでしょうね」。彼のところへ運んでいくと、「もったいない。誰かほしい人いるんじゃない？」。掃除の間、展示しておくという。彼の勤務時間の終わり頃覗きにいくと、すでになくなっていた。近所のご婦人が持っていったという。「あら、これ、すてき。立って使えるアイロン台が欲しいって、娘が言ってたのよ。捨てちゃうの？　もったいない、全然きれいじゃない！」と。

買って二十年も経つのにきれいとは、アイロンがけの回数がいかに少ないか、である。微妙な心持ちになりつつ、数日待って届いたそれは、たしかに軽くてコンパクト。箱から出すにもクローゼットにしまうにも、取り回しのラクさは、スタンドタイプと大違いだ。買ってよかった。

しかしはじめて使ったのは、購入から実に三ヶ月後であった。評価は……微妙だ。軽さ、小ささ、脚の華奢《きやしや》さ、すべてがおままごとのアイロン台のようで、どうにも頼りない。一二〇センチが七五センチになったのだ。アイロンを滑らせられる幅は狭く、勢い余ってはしを踏み外し、力を入れているものだから、台をひっくり返してしまいそう。

X脚にしたのはよかった。人体型を注文寸前で、脚のつき方に気づいて「待った」をかけた判断は褒《ほ》めたい。が、総合的に見ると、アイロンのかけやすさは、スタンドタイプが圧倒的に上だ。

何よりも低さがつらい。感じとしては座卓というより銘々膳でアイロンをかけるようで、かがみ込む姿勢が続くと、ぎっくり腰を招きそう。これではぎっくり腰のリスクは変わらない?

買い替えをちょっと悔いたが、まあよしとしよう。どのみちそうしょっちゅうアイロンがけするわけではないと、わかったから。

ボウル九点セット

家にいて通販のカタログをめくっていた私は突然、卓袱台《ちゃぶだい》をひっくり返したくなった（卓袱台がもしも目の前にあれば）。

調理用のボウルセットが税込一万八三六〇円!? 送料を足すと二万円近くになるではないか。ボウルなんてスーパーへ行けば百何十円の世界ではないか、セットにしたって千何百円の世界だろう。その十倍もするなんて！ 心の中の叫びは「ざけんじゃねーえ！」。

が、ここはひとつ気を落ち着けて、いかなる商品かを見てみよう。商品名は『オールラウンドボウルズ』で「九点セット」とある。

ステンレスのボウルとザルが大中小で各三つ。それにサラダをおいしく仕上げる野菜の水切り器がついており、透明のボウルと半透明の内カゴ、内カゴを回す白い円盤状のフタの三つで、計九個の勘定だ。

特徴は全九個が入れ子になり、ボウルの大にすべて収まること。収納場所はボウル一個分ですむのである。

この点には、ぐっと心をつかまれた。

わが家にはまさしくボウル三つ、ザル三つ、野菜の水切り器があり、三箇所に分けて置いてある。一箇所にまとめられれば、収納に相当余裕ができるだろう。出し入れのしやすさは即、作業の効率化になる。調理を全然しない人には「私には縁のない商品」と思われるでしょうが、キッチンスペースのお話として読んで下さい。

私は基本、在宅で仕事をしているので調理はよくする。ボウルやザルは日に何回も使っている。

どちらもかなり使用感がある。性分として物持ちがいい上、ステンレスなんて腐るものではないから、使い続けてたぶん二十年以上。ザルのひとつは実家から持ってきた気がするから三十年以上だ。

そう、「ひとつは」と書いたとおり、こういうのは必要を感じたつど買い足すから、ざっくり見れば円であっても、形は微妙にばらばらだ。それも美観を欠く原因となっている。

長年にわたるため、おそらくは調理台の角にぶつけて、ボウルは凹み、ザルは歪んでいる。野菜の水切り器は、それらに比べれば使用期間は短いが、プラスチックゆえ劣化は早い。すでにフタにはヒビが入り、内カゴを回すためのハンドルの一部は割れて、正直、貧乏たらしさは否めない。

実家から持ってきたとはいえ嫁入り道具ではないのだ。後生大事に使い続ける義理もない。リフォームでキッチンは一新した。ザルやボウルの類もここらで買い替えてもいいのでは。

日用品にして一万円台は（先に「二万円近く」とした表現を微妙に和らげている）高いが、毎日使うものがその人の品格を作るという考え方もある。

原点に戻って、この商品の最大の特性である収納性に関して言えば、今の日本の住宅事情、とりわけ地価の高い東京で何より貴重なのはスペースだ。現在占めている三箇所のうち二箇所が空くと思えば、一万円台のボウルセットも法外な価格とはいえまい。私のことだ、買えば二十年は使い続ける。月額使用料に割れば……。

卓袱台をひっくり返しそうだった血圧は、いつしか平常値におさまっていた。

この価格を受け入れるとしても、少しでも安く買いたくはある。商品との出会いをくれたカタログには悪いが、同じ商品をネットで探し、価格はどこも同じだったが送料無料のショップにて、利用可能なポイントを最大限使って購入した。

むろん注文の確定にあたっては、置く予定であるシンク下の引き出しの深さを測ることを忘れなかった。せっかくひとつにまとめられるのに、重ねた高さが天板につっかえては元も子もない。

高さよし、幅よし、奥行きよし。いずれも引き出しの寸法内だ。クリック!

「重い……」

玄関先で段ボール箱を受け取ったときの第一印象である。ボウル、ザルなど中身が空のものではあり得ない重さ。購入者にはもれなく付いてくるプレゼントとして、米でも同梱されているのだろうか。

開けると、商品の箱だけだ。

いったい何百グラムあるのか。箱から出し、袋や緩衝材も外し、キッチン用秤に載せると、何度試してもエラーが表示される。計測可能重量を上回っているらしい。キッチンで想定される重さを超えている!?

重なりを二つに分けて量って合計すると、一二五三二グラム。「米でも?」と感じたのは、的外れではなかった。スーパーで売っている米袋の小以上ある。なぜにこんなに重いのか。

主な原因は、野菜の水切り器のボウル。これだけで八九〇グラムもある。うかつにも私は商品説明で見落としていたが、ガラス製だった。家にあるサラダの水切り器はプラスチック製なので、同じと思い込んでいた。

「ガラスである必要なんか全然ないのに」と恨めしい。重いし、水気による白いくもり汚れが残りやすいし、割れないよう注意して扱わないといけないし、メリットはないのだ。重ければ安定はいいだろう。うちの水切り器は内カゴを回すと、脱水中の洗濯機のようにがたついて跳ね上がらんばかりになるが、手で押さえていればいい話。プラスチックにして、その分価格も下げてくれる方がどれほどありがたいだろう。

寸法は前もって測っただけのことはあり、置く予定の場所にたしかに収まった。三箇所だったのが一箇所ですんだ。しかし収納性とは、入ればいいってものではない。

ボウルやザルは、調理中にさっと取り出せるようであってほしい。軽ければ、重ねていてもそれが可能だ。二キロ超ともなると、いちばん下のボウルの大を使うには、ガラスボウルを含むそれより上の八個を、梅干しの壺でも出すみたいに、どっこらしょとしゃがんで持ち上げ、いったん脇に置いて、再び戻し……。調理の実情と合わない。

ザル・ボウル類と、ガラスボウルを含むサラダ水切り器と、少なくとも二つに分けて置かないと。ボウル一個分のスペースですむという商品最大の売りが、ここで崩れた。三箇所が二箇所になっただけでも、よしとしようか。

「いや、待て」。思いつき、試しに元からあるボウル三個とザル三個を、ボウル大、ザル大、ボウル中……の順に、互い違いに重ねてみれば、形の微妙な違いはあっても、ひとつに収まり、かつ高さも引き出しの天板につかえずにすむ。

この商品でなくても重ねられるのだ。ボウルとザルをいっしょくたに重ねようという発想が、これまで自分になかっただけで。

野菜の水切り器だけは、球形より円筒形に近いため、さすがに重ねられず、別に置くことになる。それでも三箇所だったのが二箇所ですむ。

つまりは買い替えなくてもよかったという結論に至りそうになり、「いやいやいや」と首を振る。買い替えを肯定したい私は、前のボウル類との差異を、積極的に見出そうとする。例えば、ほら、ボウルには五〇ミリリットル、百ミリリットルの目盛りがついていて……と言い聞かせつつも、価格を思うとむなしい。数字と線があるだけで、十倍の価格の意味を認めるのは難しい。

ザルの目はといえば、ことさら細かいわけではなく。しいていえば、おしゃれさか。ボウルもザルも、前のは丸っこいというか、底が広くずんぐりむっくりしていたが、こちらは底が狭く、側面がシャープに立ち上がっており「こんなにスタイリッシュなボウルでお米を洗っている私」というセレブっぽい満足を得られる。しかし底が狭いと、それだけ米が飛び出しやすくもあるわけで。ていうか、そもそもセレブは自分で米を洗わないか。

保証書兼ユーザー登録書が付いているのは、さすがこの価格帯の商品だ。ステンレスはそうそう壊れることはないだろうけど、ガラスが心配。ユーザー登録のはがきの切手代は自分持ちだが、ガラスボウルが破損したときを思えば、それくらい払っても惜しくない。

が、よく読めば「ただし、ガラスボウルは保証対象外とします」。

ガラスボウル以外でも、取扱上の不注意や落下など不当な衝撃によるものは対象外という。おっしゃることはわかります。メーカーとしては当然でしょう。でもステンレスのボウルが、この他の理由で、例えば置いておいて自然に割れるみたいなことってあるかしら。どういうときなら保証対象なのか、逆に知りたい気分。

愛そうと努めても、ことごとく背を向けられてしまうような。でも使っている。せっかく一万いくらも出して買ったのだし。米を洗うたびにささやかなセレブ感に似たものを味わえていることだけは、お伝えしたい。

オシャレなつまみに替える

店内に足を踏み入れるや、あまりのかわいさに頭がくらくらした。表参道のインテリアショップ『ザラホーム』。スペインに本社があり、ヨーロッパ中心に世界各国に展開。日本にも店が出来たと聞いてから、ずっと来てみたかった。

姫系のファブリックや小物がいっぱい。姫系でロープライスの店として、頼りにしていた『フランフラン』が、この頃ややヤンキーっぽい方へ流れているのに対して、こちらはベッドリネンを例にとれば、フリルやレースをあしらいながらも色はシックなグレーなど、大人のかわいさを保っている。

舶来ふうを演出してか、店内にはルームフレグランスが充満し、香り付きのトイレットペーパーさえ忌避する私にはつらいものがあるけれど、耐えて見るだけの価値はある。口呼吸をしながら、見て回り、グレーの枕カバーを購入した。

店を出ようとしたところで「か、かわいい……」。棒立ちになる。店内くまなく見たつもりが、まだこんなものが潜んでいたか。ドア脇にあったのは、白い陶製の引き出しのつまみだ。直径三センチほどの玉の中央に銀色の丸い突起がある。二個組で五九〇円と、お値段もかわいい。わが家の洗面台下収納の白い木製の扉と引き出しにとっても合いそう。今付いているのはふつうの銀色のつまみだが、これに替えたら姫系の洗面台が完成する。

すぐにもレジへUターンしそうになったが、気の迷いが生じてしまった。円形のふくらみのまん中に突起なんて、おっぱいみたいじゃないか？　と一瞬思ってしまったのだ。

おっぱいなんて言葉を書くのは長い文筆生活でもはじめてで恥ずかしいが、そんな想像をしてしまったのである。陶製のつまみを、ネットで少し探してみよう。

が、ネットでも合いそうなものは意外となかった。おっぱい云々は考えすぎた。洗面台には水栓をはじめ銀色の丸いものが多く、店で見たあの形こそ統一感が出る。

ザラホームの日本語のオンラインショップもあるのだが、このサイト、驚くほど操作性が悪い。店に行く前からそちらでベッドリネンを買おうとしたのだが、私は何度も途中で投げ出している。「ショッピングボタンをアクティブ化する」「このウェブサイト上で使用されていないクッキーはなんですか?」など、こなれていない日本語は、あえて翻訳調にして舶来の感じを出そうとしているという善意の解釈もできるが、動作の遅さと、しょっちゅう停止するのは致命的。オンラインショップ自ら営業妨害しているのではと思うほどだ。向こうの言う「システム推奨環境」に、私のパソコンがないためかもしれないが。

一万五千円以下の買い物に送料七九〇円がかかるのも、五九〇円の商品には惜しすぎる。表参道方面へ次に行くときを待つことにした。

むぁーん。二度目に行っても慣れないルームフレグランス。頭がくらくらするのは、かわいさの眩惑のみならず、この濃厚な香りのせいもありそう。前回買った枕カバーも、使う前に洗って香りを落としたほどだ。でもきっと、これが舶来、これがヨーロッパ。

例のつまみは、あった。よかった、しかも二箱ある。洗面台下には引き出しが上下に二つ、並んで開き戸収納で、計三つのつまみがあり、商品は二個組だから二箱必要だ。

「箱」というのは、紙箱に二個を、陶製部分を外側にして挿してあるのだ。取り付け部は箱の内側。どうなっているのか見たいけど、へたに開けて箱を破損すると、面倒なことになりそう。そのままレジへ。

レジの女性スタッフは「割れ物ですので、ご自身でご確認下さい」。一瞬「はあ？」となった。百貨店で皿など買うときは、欠けやひび割れがないかを、販売員がプロの目で点検するが、ここはあくまで客の責任、事後のクレームは受け付けないということ？

陶製部分を出してあるのは、あくまでもディスプレイの都合であって、包装するには箱から抜いて、中にしまって保護するのだろうと思ったら、外側にしたまま全体をクッションシートでくるんだのには、驚いた。

そうか、箱を開けて入れ直すなんて面倒なこと、このレジではしないわけで。なんというか、日本の「痒いところに手が届く」的なおもてなし文化と違うものを、随所に感じる。スタッフ（日本人）の愛想もないし。まあ、商品がかわいければ、それでいいのだが。

家に帰って、早速取り付ける。もともとついていた銀色のつまみは、引き出しや扉の板に、裏からネジで留めてあり、つまみを回すだけでたやすくネジから外れた。

商品の取り付け方は、箱から出してはじめて知ったが、つまみ中央の銀色の小さな突起はネジの頭。直径五ミリほどの太いネジを、玉に通し、板に差し込み、板の裏に出てきたネジへ、ミゾに沿ってビスを回し入れて、ビスと玉とで板を挟んで固定する。

引き出しの下段に最初に取り付けたのだが、あっという間に出来た。こんな簡単な作業で姫系のつまみに替えられるなら、どうしてもっと早くしなかったのかと思う。ビスで留めてなお余る先が、一センチほど引き出し内側へとび出るが、当たって傷つくようなものはない。上段の引き出し、開き戸収納の扉へと。同じ要領で取り付けていく。

作業を終え、少し離れてしげしげと眺める。やはり合う。おそれていた「おっぱい」ぽさはない。相当かわいい。でも、ん？　何か変。上段の引き出しと開き戸が、洗面台より前に来ているような。なぜ？　下段はちゃんと閉まっている。ネジは同じ長さなのに。

仔細に見てわかった。上段の引き出しと開き戸の、つまみの裏側に来るところには、洗面台を支える枠があり、そこにネジのはみ出た部分がつっかえるのだ。ネジを切らなければならない？　ビスの留まる分ぎりぎりを残して、先から一センチ強カットすれば、なんとか閉まりそう。

しかし太い鋼鉄のネジ。針金をちょん切るのとは訳が違う。他の人の引き出しには、これでばっちりなの？　ていうか、そもそも内側にこんなにとび出るなんて、つまみとして問題では？　かわいければいいってものではない！

翌朝、マンション前の舗道で管理人さんをつかまえ、アイロン台のときと同様、相談する。粗大ごみを進んで分解してくれる、器用で気のいいおじさんだ。期待をこめてこのネジも、カットしたいところに油性ペンで印をつけて持っていくと、「ペンチもあるし、金鋸《かなのこ》もある」と清掃用具庫から出してくる。案外簡単に解決しそう。

金鋸は私、ペンチはおじさんが試すことになり、舗道にしゃがんで作業をはじめると、金鋸はネジに傷一本つける前に刃こぼれしてしまった。バキッ。後ろの管理人さんの方から大きな音。やった、切れたんだ！　振り向くとおじさんの握っているペンチの方が折れていた。

業者さんの持っている機械でないと、だめなのか。ミリ単位の目盛りの付いた台にネジを置き、一刀両断できるような機械があれば、造作ないはず。機械のようすまで思い描けるのに、かんじんの業者さんがみつからない。ネットで探しても、自分のところで販売するネジを、サービスでカットするところだけ。持ち込みのネジのカットは、引き受けてくれたとしても、加工賃一万円くらいするのではと思うと、問い合わせる勇気が出ない。

カットする考えを捨てて、元々カットした後の長さと太さが同じのを買えばいいのでは。そう思って検索すると、膨大な件数が表示された。それでいて、頭に＋や－のミゾがなく、単に丸いネジは、全然出てこない。既製品でみつけるのは、砂の中から金を探すようなもの……。

救いの手は意外なところから差し伸べられた。仕事先の女性たちに「いやー、こんなことがあってねー」とネジの話をしていたところ、脇にいたひとりが「僕、カットできます」。社内で建て付けの悪くなった扉の修理などの大工仕事を、一手に引き受けているという。早速ネジを送って、彼に託した。

後で聞けば、たいていの不具合は直す彼も、このネジには手こずったという。カットした断面が平らでなく不規則に波打っているところに、苦労のほどがしのばれた。断面が平らでないとは、すなわちミゾのとっかかり部も不規則にカットされているということで、ビスがなかなかはまらずに、もうだめかと思ったが、なんとか入れて回すことができた。

完成形には非常に満足。だがあの姫系ショップで買い物する女性がみんな、こんな大工仕事、自力でするとは考えられず、騎士的な助っ人がそうそう都合よく現れるものでもあるまい。かわいさにひかれて買ったもののそれきりというケースも、少なくないと思われる。

ZOZOTOWNの下取りサービス

おしゃれ心を起こして、『ZOZOTOWN』でワンピースを買うことにした。このサイトの利用は久しぶりだ。カートに入れると見慣れぬ表示。「下取りで今すぐ割引に！」。

同サイトで以前購入した商品を下取りし、その価格分を注文金額から差し引いてくれるらしい。「お客様の下取りアイテムはこちら」という一覧も、ご親切に用意されている。

左はしにさっそく出た商品は、「え、これもありだったの？」。つい先日処分してしまったばかりのカットソー。体形に合わず一度しか着なかったが、カットソーは消耗品。リサイクルショップでも引き取ってくれまいと、泣く泣く資源ごみに出したのだ。

下取り価格はたった三〇〇円ではあるけれど、三〇〇円でも「換金」できるだけ、ただ処分するよりずっとありがたい。

そう、送って査定を待つまでもなく、下取り価格は画像とともに表示されており、選択すれば、注文金額とその場で相殺されるのだ。

「それってZOZOTOWNにはリスキーではない？　傷んだ商品が来るかもしれないのに」と思う人もいよう。そのリスクを防ぐためにまず、穴や破れなどがないか確認するように、との注意書きが、アイテム一覧にかぶせて出る。クリックすると、注意書きは消え、これまでに購入したアイテム一覧が現れるのだ。見てみてぎくっとする。他にもある。買ったけど着ていない服が。

例えばこのジャケット。ウエストシェイプされた形で「着ていくところを選ぶだろうが、一枚くらいあってもいいかも」と思ったが、予想通りというべきか、着ていくところのないままだ。

このワンピース、丈にやや不安があったが、賭けのつもりで買って試着したら、やっぱり不安が的中した。短かすぎる。膝が出て、恥ずかしい。

どちらもタグ付き、セール品。安く買えるということが判断を誤らせるのと、セール品は返品不可のため、行き場を失い、クローゼットに溜まるのだ。

まるでそれを見越したかのような下取り制度。「お宅のクローゼットにこんなの、無傷のままありませんか?」と問うている。サイトの履歴ってこわい。買い物の失敗という、過去の行状を突きつけられているような。

下取り価格はジャケットが二七〇〇円、ワンピースが二八〇〇円。購入時の価格はこの際思い出すまい。それと比べて落ち込むより、失敗が帳消しにされ、五五〇〇円もの「換金」になる方に、今は救いを見出そう。

もうひとつ「あっ、これもZOZOTOWNだったのか」というのが現れた。マーガレット柄をプリントしたワンピース。身頃は白地に黒の花、スカート部分は黒地に白の花の布を、ひだを寄せてだんだんに重ねてあり、体形をカバーできる一方、フリフリの感は否めない。袖は黒地に白の花のフレンチスリーブで、やはりフリフリ。襟はなく、前身頃の中央に縦に一本、黒いレースのリボンを縫いつけてある。

なんで年甲斐もなく、こんな服を買ったのか。ブランドが百貨店のミセス向けフロアに入っているという油断もあるが、何よりも商品画像が、私の中の少女の部分に、矢のように深々と刺さったのだ。初恋映画に似合うように、マーガレットは永遠の憧れ。柄、形とも若すぎるのは承知だが、白と黒というシックな色づかいなら、許されるのでは？

踏ん切りがつかず、商品画像をときどき眺めていたが、ある晩ついにポッチリと。そのときの私、何か疲れていたのかもしれない。

このワンピースは、タグ付きではない。一度だけ着て出かけ、「かわいい」と好評だった。「(服が) かわいい」と褒《ほ》められたのかもしれないが。着用時間は二時間足らず。それきりクローゼットに吊るしっぱなしだ。

下取り価格はこの服だけ高く、三七〇〇円。たしかに人気商品だった。買ったときもいったん「在庫なし」になり「再入荷」したのだ。マーガレット柄に少女の部分を射貫かれる人は多いのだろう。

三アイテムの合計で九二〇〇円も割引になる。三万四〇〇〇円のワンピースを買おうとしている私に、これは大きい。マーガレットのワンピースは好きだし惜しくはあるけれど、実際問題着ていないし、時が経つほど下取り価格は落ちていくだろう。この機に思いきって……。三アイテムを選択し、注文。

商品とともに専用のバッグが届くので、下取りアイテムをそれに入れ集荷を依頼せよという。差し引き分を物納で、後払いするようなものである。集荷の際送料はかからない。

果たして黒い不織布のファスナー付きバッグが同梱されてきた。下取りリストの紙も入っていて、「一週間以内に集荷申込みをお願いします」とある。ただちに申し込み、在宅可能な七日後を指定する。

そこまで済ませた後で、私は激しく迷いはじめた。

タグ付きのワンピースとジャケットは、鏡の前で着てみて、下取りに出すのは正しかったと納得できた。着ていないのにもったいないけど、あきらめがつく。しかしマーガレットのワンピースだけは、そうはいかない。それを着て鏡に映った私の姿は苦しいが、服はかわいい、手放せない。

日を改めてまた、鏡に向き合い「うーん、苦しい」。思いを断つべくバッグにしまい、また……。入れたり出したり、着たり脱いだりを何回も。

スカート部分は、なんとか着倒せそうなのだ。黒のタイツとつなげて、甘さを抑えられる。つらいのは、前身頃のレースリボン。これがあることで、不当に幼くなる気がする。まんまん中に縦にあるので、ジャケットをはおっても、ちょうど隠れないところなのだ。これさえなければ。

外せないかと縫い目を見たが、へたに解いて失敗したら、換金価値がゼロになる。セーターを着てしまえば隠せそう？　が、そのためにセーターを買い、なおも失敗だったらば「共倒れ」のおそれがある。

六日間私の心は揺れに揺れた。好きなフィギュアスケートの女子選手が私服で、縦にリボンの付いたワンピースを着ているのを見て、「やっぱり品がいいわ。良家のお嬢さんふうになるし」と、残す方へ傾きかけて、はっとする。この人いくつよ。自分の年齢を思い出せ！

電車の中で同世代の女性が、私がしばしばそうであるように、頬の下がったお疲れぎみの顔をして立っていると、失礼ながら、その首から下に合成画像のごとくあのワンピースをあてがうことを、頭の中で繰り返した。その方が客観的に見られる。

結論として、あの服を私が着ると若作りしすぎ。服はかわいいが、自分には無理。そういう事態であることを認めなければ。バッグの奥深くしまい、ファスナーを固く締める。

が、集荷の前日になり「やっぱり好き。別れられない」。着なくていい、クローゼットに下げて、見るだけでいい。癒しグッズとして置こう。

とはいえ、さきの注文からすでに差し引かれている。専用バッグに添えられたリストには、送るべきアイテムが価格まで印刷されており、逃げも隠れもできない状況。どうするか。

リストの紙にある「よくある質問」を見れば「選択した下取りアイテムが手元にない場合はどうなりますか?」というQが。これだ! 正確には違うが、これを援用する他ない。Aとしては「今後の手順についてご案内しますのでご連絡ください」。記されたところにメールした。

後で気づいたのだが、同じ紙の「注意事項」に「お客様都合によるキャンセルや変更はできません」とあった。まさしく自分の都合でした。すみません……。

回答が来た。自分で三七〇〇円を銀行振込することになるという。クレジットに追加請求が来て引き落とされるかと思っていたが、甘かった。銀行まで出向いて、手数料もこっち持ちで振り込み、後始末しないといけないのだ。口座番号は、このことを了承するメールが来た上で、案内するという。

なぜいちどに案内をすませず、返信の返信の形をわざわざとるのか。察するに、注文時は割引に惹かれて下取りを申し込んだものの、気が変わり手元になかったことにする、私のような人がそれだけ多いのであろう。その人たちが「えっ、銀行振込？面倒。手数料もかかるの？　だったらやーめた。申し込んだとおり送ろう」と考え直す機会を設けるため、あえて二段階にしているのではなかろうか。私の思いは、振込手数料ごときで変わらないので、了承の旨をメールする。

しかしこんなに出したり引っ込めたりしたからには、いつかあのワンピースを下取りしてほしくなっても、受け付けてはもらえまい。サイトの履歴にはそうした行状まで残るのだろうか。

トレーニング用タイツ

スポーツジムにこのところよく行っている。前は自分のペースでたんたんとマシントレーニングをしていたが、この頃はもっぱらレッスン。音楽に合わせステップ台を昇り降りするもので、曲は速いし、狭い空間でおおぜいが運動するので、大量の汗をかく。曲の切れ目ごとにタンクトップをまくり上げ、風を入れずにいられない。下手すると熱中症になりそうだ。

特にお腹がすごく暑い。短パンとタイツの二枚重ねだからだろう。『コンプレッションタイツ』というもので、黒の厚い地にテーピングのような線が、腿やふくらはぎの筋肉をなぞるように入っている。コンプレッションの名のとおり着ることで適度な圧がかかって、筋肉のぶれを防止するそうだ。

それ一枚ではなんとなく落ち着かないので、短パンを上にはく。ランニングをしている人はたいていそのかっこうだ。

周囲の女性たちを見れば、ほとんどが短パンなし。タイツ一枚でもいいことになっているのか。さらに観察すれば、一枚ばきの人のタイツの共通点は、線のないこと。コンプレッションタイツとは別ものらしい。そういうタイツなら一枚でも変ではない、というお約束を私は読み取った。

スポーツ用品店に行くと、あるある。試しに違うメーカーのを何点かはいてみる。ジムではくコンプレッションタイツはLだが、この種のタイツはどのメーカーのものでもMが合うとわかった。コンプレッションタイツと違って締め付け感はほとんどなく、生地も薄くて涼しそう。筋肉のぶれを防ぐ効果はないだろうけど、考えてみれば、ぶれるほどの筋肉はないのである。

買いたい。しかし色が派手。黒が基本のコンプレッションタイツと違って、原色とか、蛍光色が花火のように飛び散って金銀まで交じる柄ばかり。レッスンの皆さんのタイツもカラフルだが、ここまで過激ではなかったような。ネットならもう少し地味なのもあるのでは。

Amazonで探せば、店よりずっと選べる範囲が広い。その中でインディゴのムラ染めふうのが目についた。これならデニムパンツの延長ではけて、抵抗感はなさそう。お値段は二四二二円と、店にあったタイツの四分の一ほど。しかも関東への送料は無料。Mの在庫があるのを確かめ、注文した。お届けまでは五日前後と、少々かかるようだ。

数日後外出から帰ると、不在配達通知が入っていた。国際郵便EMS？　海外から郵便が来るおぼえはないが。

再配達を依頼し受け取ったのは、ノート大のグレーのビニール袋で、英語の帳票類がいくつも貼ってある。その中にCHINAの文字を見てとった。

封を切ると、Amazonで注文したタイツ。えーっ、私、中国からものを買っていたの!?　そんなこと画面のどこかに書いてあったっけ？

取り出せば、色、柄はイメージどおり。しかし足を通すと、同じMでも全体的に小さい。生地も店で試着したのより、ずっと薄い。それでいて硬くてストレッチ性に乏しい。これで運動なんかしたら、股から裂けてしまうのでは。

なんとかウエストまで引っ張り上げたものの、鏡の前に立った瞬間、決定的難点がわかってしまった。股が……そ、その股よりさらに上の、男性と女性で形の違う部分が……ええいもう潔く言ってしまおう。大陰唇の割れ目がもろわかりなのだ。三十年に及ぶ著述生活でこの言葉を書くのははじめてである。変換候補が出なくて「かげ」「くちびる」と一字ずつ変換した。

その大陰唇が、足の分かれ目より一段高いところで左右に分かれ、タイツの中心線をなす縫い目が、「ここからがそれです」と言わんばかりにくっきりと切れ込んでいる。お尻の形がまる出しになるのは覚悟していたが、これはつらい。レッスンで曲がかかるまで、立って静止している間など、後ろに人はいるし、前の鏡にも、人の間から映るのだ。

一枚ばきの皆さん、この辺はどうしているのか。次にジムに行ったときあらゆる女性の股間が気になって仕方なかったが、見るのはためらわれた。

店で試着したのは、ここまで生地が薄くなかったからか、あるいは股に当て布でもしてあったのか。Ａｍａｚｏｎの商品を家でもう一度はくと、股上が浅いせいもあるとわかった。ずり下げてはけば、大陰唇への密着は避けられるが、それだと脱げ落ちてしまいそう。はき方の工夫でどうにかなる範囲を超えている。

仕方ない、返品しよう。商品の画面を出して、返品不可の記載がないのを確かめる。

私にとっては決定的難点のある商品だが、不良品というわけではなく、送料はこちら持ちになろうが、やむを得まい。

返品の理由は「イメージと違った」を選択し「生地の厚みと伸縮性がイメージと異なりました。申し訳ありませんが、返品させて下さい」と備考欄に記した。

翌日メールが来ていた。商品の画面にあった販売者からである。「おはようございます。お客様のお気持ちはよくわかります」。

意表を突かれる。えっ、私、どんな「気持ち」なんだろう。

次いで自動翻訳機にかけたような文章が並ぶ。

「私たちのマットは新しくアップする、以前に比べてより良い快適感と保護作用があります。お手数をおかけいたして、本当に申し訳ございませんでした。このパンツを試着してもいいでしょうか？　そうすると、何か異常な感じがあれば、すぐ返金いたします。これでよろしいでしょうか？　改めてお詫び申し上げます」。

目をぱちくりしながら読み返し、少なくとも返品不可とは書いていないこと、「お詫び」は返品を受けないことへのお詫びではないことを確かめた。悪印象になることをおそれるような丁寧な言葉遣いは、誠実さを伝えるのに充分であった。

以前にAmazonで返品したときは、Amazonのサイトから送り先の住所を印刷して、封筒に貼ったのだった。千葉県かどこかの住所だった。明日にでも印刷しよう。と思っていたら、翌朝再びメールが来ていた。「おはようございます。申し訳ありません、前のメールは間違ってました。お客様のお気持ちはよくわかります」。またまた意表を突く出だしである。

「失礼ですが、このズボンを返しなくてもいいです。そして、半分のお金を返させていただきが、いかかでしょうか?」

誠実という印象が少し変わる。言葉使いは変わらず丁寧であるけれど、こういう曖昧な決着はいかがなものか。原則主義者の私である。あくまでもルールどおりに処理したい。

ただちに返信。「二つのメールをありがとうございます。Amazonのガイドラインと前のメールとに則って返品いたします。よろしくお願いいたします」。「則って」という日本語はわかりにくいかと迷ったが、同じ漢字の国である。原則の「則」と感じてくれるだろう。

送信して、はたと気づいた。送り先はAmazonの倉庫でないかもしれない。注文まではAmazonだったが、返品を受け取って中国へ送ってくれるほどAmazonはお人好しではないだろう。

国際郵便っていくらするの？　関税とかってどうなるの？　お金の問題のみならず手続きが面倒そう。向こうにとっても同様かもしれず、二つめのメールはそのことを考えての痛み分け的な案かも。私の思慮が足りなかった。

慌てて訂正のメールを送る。「申し訳ありません、前のメールは間違っていました。二つめのメールでお知らせ下さったとおり、商品は返さないで、半分のお金を返して下さい」。先方の日本語と似てきた感がある。

私の原則主義は口ほどにもなかった。半分の一二一一円で買えたと思えば悪くない。後はこのタイツをどう生かすかだ。難点を克服するには、長めのタンクトップで割れ目を隠すほかかない。

タイツに代わってタンクトップ探しが、Amazonではじまった。しかし、なかなかない。長めのがあっても、後ろ下がりか、左右の下がるデザインだ。「隠したいのはそこではない」と言いたい。

ヨガ用のチュニックを買ってみたが、失敗だった。落ち感の出るレーヨン素材は重くて暑い。家で試着するだけで汗が出た。

Amazon、Yahoo!ショッピング、楽天市場と探すうち悟った。止めよう。続けていては傷が深くなるばかり。買い物の失敗をリカバーしようとして、失敗を重ねるのはよくあること。あのタイツを生かす考えは捨てなければ。

送料がかかっても手続きが面倒でも、頑張って返品した方が、尾を引かずによかったかも。これが私の「気持ち」である。

ハンドメイドのパネル

ウィリアム・モリスをご存じだろうか。十九世紀後半に活躍したイギリスのデザイナーで、壁紙をはじめ、カーテンやクッションなどの布物、ステンドグラスなど室内装飾を広く手がけた。

名を知らずとも、壁紙を目にすれば「あ、これね」と思う人は多いだろう。樹木や花、鳥といったモチーフを、重めの色を基調に細密に描き込んだもので、クラシックスタイルの喫茶店などに貼ってある。「すてきだけれど暑苦しい」と感じる人もいるだろう。

私もそうで、リフォームの際、ショールームに壁紙のサンプルをもらいにいくまでしたけれど、結局は選ばなかった。インテリア雑誌で、壁紙もカーテンもモリスの部屋に憧れつつも、「あれが許されるのは広いお宅。狭いわが家では、圧迫感が出るだけ」と。喫茶店ならまだしも、毎日見るのは飽きるかもしれない。

そう考えて、リビングの壁は白にしたのだが、リフォームから日が経つにつれ、モリスへの愛と欲望がむくむくと頭をもたげてきた。レトロ趣味で植物柄好きでもある私には、もともとモリスはど真ん中。壁紙を貼り替えるのは無理でも、楽しめる方法はないか。

ひらめいたのはパネル。壁紙のサンプルをもらいにいったショールームのカタログに、パネルを飾った部屋の写真が、載っていた。額装し絵画のようにしたものを、寝室の壁に掛けてあった。壁全面は無理でも、パネルで部分的に取り入れるなら、暑苦しい問題は避けられる。

早速ネットで同じカタログのデジタル版を開けば、おお、ある。私が壁に貼りたかったいくつかの候補の柄がパネルになっている。

価格を見て、幸せ気分はふっ飛んだ。二万三七六〇円!?　サイズは四五×四五センチだ。

絵画と思えばそう高くないのかもしれない。が、同じ柄の壁紙をサンプルとして、ただでもらっている。〇円と二万三七六〇円とでは、あまりに違う。

そこで当然考えるのは、あのサンプルを自分でパネルにすればいい、ということ。サンプルはA4サイズ。一枚では小さすぎるが、もう一枚もらって来て、うまいこと切って貼り合わせ……。

「いや」。首を振る。サンプルをもらって来ても、その先を私はしないだろう。食器棚の滑り止めシートですら、切って敷くだけでいいのに、ニトリで買って何ヶ月も放置してある。そんな私が、パネルの大きさに合わせて切り、継ぎ目のわからないよう柄を合わせて貼るなんていう複雑なことをするわけがない。「貼る」といったって、台となる板も、それ専用の糊も買ってこないといけないのだ。

既製品をどこかで値引きして売っていないか。「ウィリアム・モリス　パネル」で検索すると、画像が出た。私が貼りたかった柄のひとつで、紺の地に鳥と果物が描かれている。価格は……三二八〇円!?　なぜかと思えば、ヤフオクだった。

商品ページに飛べば、説明に「額装させていただきました」と書いてあり、出品者自らが作ったものらしい。カテゴリも「ハンドメイド作品」だ。サイズは三八×四六センチと、既製品よりやや縦長だが、サイズ感はほぼ同じだろう。額縁はダークブラウン。

ありがちなのは、額縁がチャチなことだが、画像に目を凝らした限りは、それはない。縁の一本一本に、洋館の階段の手すりにありそうな溝が左右に彫られ、間はふっくら盛り上がっている。ハンドメイドをしない私は、こうした部材の価格にうといが、額縁だけでも一八〇〇円くらいするのでは？

自分で部材を買ってきてハンドメイドする代わりに、人にしてもらった価格が三二八〇円というわけか。

ハンドメイドの不安はプロの目が通っていないことだ。店で売られているならまだ、仕入れなり検品なりの段階でふるいにかけられたものになるが、直に買うのは一か八か賭けである。思い切って賭けに出ることにし、入札。他に入札者は現れず、すんなりと落札できた。

届いたそれは、部材の額縁を商品として売っていた箱そのものに入ってきた。たしかにもっとも大きさが合うだろうが、ハンドメイド感が生々しい。

額縁の構造は、写真立てによくあるものと同じだ。ガラスと板とを裏からはめて、金具で留めるのだが、さらに板の四辺にテープを貼って固定してある。この厳重さには、何か見せたくない稚拙な作りが、この下にあるのではと勘ぐってしまうが、テープを剝がしてみることはしなかった。シロウト仕事は承知の上だ。貼り方も慌てて荷造りをしたときのように縒《よ》れがあったり、切り方も不揃いだったりと雑であることは否めない。それでも、単なるガムテープでなく、モリス柄のマスキングテープを使っているのは、良心といえよう。

表に返せば、糊づけの際にできてしまったとおぼしき、浮きやしわが二箇所ほどあって、発見したときは「うっ……」と固まった。が、ハンドメイドの限界として、許容しよう。モリスの壁紙は、ビニール製のクロスと違い、ほんとうの紙なので貼るのが難しいと、リフォーム会社の人も言っていた。ガラス越しならそう目立たないし、何しろこのお値段だ。

良心をもうひとつ感じたのは、取り付け用の紐を同封してくれていること。白い紐を束ねて小袋に入れている。これは親切。買った人がこのために、わざわざ紐を買いにいかずにすむのである。

取り付けのしくみは、と、再び額縁の裏を見れば、左右の上から三分の一くらいのところに紐を通せる金具があって、そこに結んで吊るすらしい。結びつけて、中ほどを持ってみると、三角形をなす紐の頂点が、額縁の上から出て、ペナントを壁に下げる感じになりそうだ。

そこで私は、はたと気づいた。パネルを飾ることの現実に。壁に掛けるには、フックを取り付けないといけない。当然壁に穴があく。

これはリフォームしたての者にとって非常に抵抗感がある。まだきれいな、しみひとつない白のクロス。蚊を潰すのも嫌で、壁に静止していても、わざわざ飛び立つのを待ってからはたいていたほどなのだ。

しかも紐と共に同封されていたのはゴールドのフック。白い壁には目立ちすぎる。それもふつうの「?」マークに似た形。額縁に比して、高級感がなさすぎる。

紐を短くして、下げたときの頂点が、額縁の上に出ないようにすれば、隠すことはできるはず。が、「?」マーク型の悲しさ、横向きにして試しに壁にあてがえば、壁から一・五センチくらい突き出して、そこへ下げると、パネルが前へ倒れてしまう。前のめりになったみたいに、斜めに傾き、垂直に下がらないのだ。

この時点で私は、買い物の失敗をほぼ認めた。カタログの写真では垂直に下がっていた気がするが、あれは取り付けまでプロがしたに違いない。このパネルは、ハンドメイドとしては悪くなかったが、飾ることなく終わりそう。

そこでふと思い出した。玄関の鏡だ。私が買ってきたのを、リフォームのとき工事の人が取り付けてくれたが、あれもたぶん紐で吊ってある。靴の脱ぎ履きの際ぶつかると揺れるから。

裏を覗くと、私の考えと相当近い。紐を短く結び、頂点が隠れるようにしてあるが、違うのはフックだ。色は白で、しかもカタカナの「レ」に似た形。「?型」に比べてかなり薄く、壁からの突き出しは五ミリほど。

こういう部材があるのだ。DIYの店へ行き、近いものを買ってきた。手で押せば刺せて手で引き抜けるというふれこみの、壁へのダメージがいちばん少なそうなもの。

位置決めがひと苦労だった。取り付けたいのはエアコンの下の方。エアコンの両端から下ろした線の間に、左右均等割り付けしたいのだが、それがなかなか難しい。ひとりだと巻き尺の片方を押さえていてもらい、印をつける、といったことができない。

エアコンの通風口をじっと睨み、弁が左右に風を吹き送る中、ただひとつ動かぬ仕切りが中心にあるのに気づき、その線をセンターとみなして、刺すことにする。

ひと思いに押し込んだものの、途中で動かなくなり、抜くこともできなくて、トンカチで無理やり打ち込みながら、「これでもう一生、パネルをここに飾り続けるしかないんだわ」と覚悟した。

掛けた感じは、悪くない。価格と満足度の折り合いでは成功といえる買い物だ。同時に、人に作ってもらっても最後はＤＩＹしないといけないと知った、ハンドメイドの品だった。

吸湿発熱シーツ

昨年までは冬の買い物といえば防寒グッズであった。室内でなんとか暖かく過ごそうと。リフォームで家の断熱性を高めてからは、その種のものは必要なくなった……はずだった。が、冬のはじめのある晩、ふと感じる。シーツが冷たい。

夏と同じ綿のシーツを敷いている。シャツブラウスのようなフラットな生地でべたつかず、夏は気持ちよかったけれど、この季節になると何やら肌によそよそしいというか。ベッドに入ってじっと待っていても、なかなか温まってこない。私の方は体温を放出しているのだから、それを受け止め蓄えてくれるようなものに替えた方がいいのでは。

家が寒かった頃は、もちろんそうしたものを使っていた。モイスケアという発熱吸湿素材の敷きパッドだ。汗や呼気に含まれる湿気など人体から出る水分を吸い取り、素早く熱に変えるそうで、発熱量はウールの三倍と聞いた。「通販生活」(カタログハウス刊)のカタログで知って買ってみたのだが、さすが「通販生活」。たいへんな優れ物。冬はずっと愛用してきた。

が、あまりに長く使ってきたので、中わたがさすがにへたってきた。厚みが半分くらいになった感じ。表地は白っぽいタオル地だが、灰色っぽくなっている。洗濯はしているので汚れているわけではないのだが、寒い家の時代に黒の登山用インナーをパジャマ代わりに着ていたときがあり、その糸くずがこびりついているようだ。

買い替えようか? いや、このパッドには残念ながら一点だけ難があった。ずれやすいのである。パッド四隅に縫いつけられたゴムテープをベッドマットの端にひっかけるのだが、縫い目は使用開始早々に一箇所切れた。補修しても、すぐ別の箇所が。人はひと晩に二〜三十回寝返りを打つという。私は特に寝相が悪いのかもしれない。その動きに耐えるのに、四隅を留める方式では脆弱すぎるのでは。モイスケアでマット全体をすっぽりおおうボックスシーツがあればいいのに。「通販生活」では、ないのである。

ダメ元で「モイスケア　ボックスシーツ」で検索すると「嘘、あるんだ」。ベルメゾンという通販サイトだ。パッドとシーツの一体型で、商品画像ではパッドの部分のみキルティングふうになっており、そこにモイスケアを仕込んであるのだろう。説明によると「この繊維を100パーセント使用したシートの入った敷きパッドはベルメゾンだけ!」。

そうなのか。私の中ではモイスケア＝「通販生活」だが、モイスケアそのものは繊維メーカーが開発した素材。それを使った商品が、いろいろなメーカーから出ていても不思議はないわけで。「通販生活」取り扱いの商品がモイスケア何パーセントかは知らないが、百パーセントという数字はインパクトがある。

価格は私の使っているセミダブルで、税込五四九〇円。この点でも危うし、「通販生活」。向こうはたしか一万円以上した。他でモイスケアを探すなんて、これまで考えたこともなかった私は、やや「通販生活」の信者の気があったかも。

しかし色が……。ベルメゾンで販売の商品は、ブラウン、ベージュ、ピンクの三色のみ。私の寝室はカーテンがピンク、それ以外の布ものはグレーで構成していて、そのグレーもグレージュにならないよう細心の注意を払ってきた。その努力を裏切るベージュやブラウンは、あってほしくない色なのだ。部屋の中で大きな面積を占める寝具は、機能のみならずインテリア性もだいじ。

「ピンクがあるから、それでいいじゃない」と思われるだろう。がインテリアでもっとも悲しい結末は「似せようとして違ってしまった」ことなのだ。ピンクはピンクでも系統が微妙に違うとか。カーテンのピンクは、甘さ抑えめの大人のピンクというべきローズピンク。画像を見る限り、商品のピンクはかなり近そうではある。しかし通販でパソコン画面の色を信頼して買って裏切られたことが、過去に何回あっただろうか。

このピンクの検討にたぶん三十分は費やした。角度を変え、照明の当たり方を変え、果ては寝室へ持っていって現物のカーテンと並べてみるまでした。

検討の結果、いけそうと判断。カートに入れて、ちょっと待った。表地はマイクロファイバーという、商品説明の文字が目に留まる。それってもしやポリエステル？

寒い家の時代、フリースパジャマを着て、その寝苦しさに驚いた。夢の中でもわもわ、もわもわ、何かがまとわりついていて、払いのけるしぐさの激しさで目が覚める。よほど力が入っていたようで、あちこちが筋肉痛になっていた。あれはたぶん静電気。フリースの素材であるポリエステルは、静電気が起きやすいのか。敏感肌なわけではなく、日中はフリースでも化繊のインナーでもふつうに着ているが、こと寝具やパジャマは綿をはじめとする天然繊維にしている。

説明の下の方の詳細を確かめると、表地はポリエステル百パーセントとある。モイスケア百パーセントはあくまでも、パッドの中身の話なのだ。危なかったー、モイスケア百パーセントと色の問題に気をとられ、肌にあたる面の素材のチェックを忘れていた。

そういえば「通販生活」の敷きパッドは、寝苦しさに悩まされたことはなかったな。同サイトを調べると、肌にあたるタオル地に似た面は、綿七〇パーセントアクリル三〇パーセント。百パーセントでこそないけれど、綿多めはやはり私に合っている。ベルメゾンを意識してかどうか、サイトでは「最近はモイスケアを使った競合品が増えていますが、本品は側生地が違います」とあり、私の知らないうちに、地味にしのぎを削っているのであった。

モイスケア対決では「通販生活」に軍配が上がった。しかし買い物は振り出しに戻った。パッドでは、ずれ問題が未解決だ。

ここでいっそ頭を切り換え、モイスケアから離れてはどうだろう。昔のような寒い家では、わが家はもはやないのである。ウールの三倍もの発熱量がなくたっていいのでは。「モイスケア」のワードを捨てて、「発熱　ボックスシーツ」と緩やかな条件で検索しよう。あっ、それと「綿」のワードを加えて。

出た。ベルメゾンとはまた別の大手通販セシールだ。綿スマートヒートシーツなるものがある。こちらはパッド一体型でなく、全体がやや厚めの生地でできている。肌にあたる面は綿百パーセントで、グランド部分がスマートヒートという吸湿発熱素材らしい。

グランド部分とは何かと思えば、生地の断面イメージ図が商品説明に付いていた。毛足が歯ブラシの毛のように上に向かって立っていて、そこは綿。毛足の根元を這うように織り込まれているのが、吸湿発熱素材という。「化学繊維が苦手な方にもより安心して眠りについていただけるよう」とあるから、私のような人の声に応えた商品なのだろう。

気になる色は、ライトグレーがある。色名はグレーであっても届いてみたらグレージュ、「いや、これってほとんどベージュでしょう」ということが、グレーとピンクの寝室を実現するまで何回もあったが、ここでも慎重に検討した結果、これはたぶんだいじょうぶでは。しかもセシール。セシールでは私はストレッチデニムを愛用しているが、親切で、イメージ違いを理由とする返品であっても、送料を向こう持ちにしてくれるのだ。そのぶん、失敗をおそれず注文できる。商品価格はセミダブルで四三〇九円だ。クリック！

届いてみると、心配した色は大成功だった。こんなにイメージどおりのグレーが来るのはめずらしい。ベッドへの固定問題も、マットを隙なくおおって角が余ることもなく、いかにも頼もしい。表地はかすかに起毛し、同じ綿でも夏のフラットなシーツと違って、暖かそう。満足して撫でさすり、寝るのを楽しみにした。ところが……。

この先の評価を書くのが、私はつらい。前述のとおりセシールは、返品対応が客思いだし、ストレッチデニムで世話になっている。が、やはり結果は報告せねば。

そのシーツで寝た晩私は、自らのしぐさに眠りを破られた。何かを払いのけようと、力いっぱい格闘していたらしい。あちこちがすでに筋肉痛になっている。その後もほぼ二時間おきに目が覚めてしまっていた。何というか、身の置きどころのないけだるさ、うっとうしさ、寝苦しさ。そう、あの静電気に悩まされた夜と酷似している。なぜ？

毛足は綿でも、その下に織り込まれている素材が静電気を起こしやすいのか。あるいは、静電気ではなく、単に暑くて寝苦しい？　起きてさわると、シーツは相当暖かい。上にかけていたタオルケットとの差が歴然だ。かつてのような寒い家でなくなったわが家には、発熱が強力すぎるのでは。しかしいちど使用した以上、返品はできず……。

吸湿発熱の性能については高評価であることを、強く申し添えておきたい。

布団収納袋

収納はいつもどこかが気になっている。それなりに整理整頓しているつもりでも、まだまだ問題がありそうで、収納グッズの広告には、つい目が行く。

先日もインターネットで調べ物をしていたら、脇に広告画像が出た。クローゼットの天井近い棚の上に、四角い布団収納袋が整然と並んでいる。

なぜに私にこの広告？　不審に思ったが、販売サイトはベルメゾンで、少し前に発熱シーツを探しに訪問し、注文には至らなかったがカートに入れたり出したりしたのであった。自分の挙動を覚えられているのって、なんか嫌……。

でも広告画像のクローゼットのようすは、すっきりしていてとても好き。私のクローゼットにも天井近くに棚があり、まさしく寝具を収納している。シーズン外のものやスペアとして持っている敷きパッド、シーツ、毛布、枕カバー、布団カバー、ベッドカバーなど。

収納法はちょっと独創的。ロールケーキのように細長く巻いてあるから、手前に渦をなす断面が見えて、何がどこにあるかひと目でわかって合理的である。

寝具の色は白かライトグレーだ。棚は天井からポールで吊ってあり、中央にも仕切りのポールがあるので、右に白、左にライトグレーと色分けして置き、見た目もきれいのつもりでいた。

けれどこの頃クローゼットを開けると、渦のごちゃつきが、なんか気になる。うまく入らず途中で折れ曲がっているもの、手前へはみ出て垂れそうになっているもの。ロールケーキ状に巻いてあるとはいえ、芯もないやわらかな布なので、棒のようにすっとは差し込めないのだ。断面もなんか不揃い。見た目がだいじの私は、渦巻きの向きまで同じになるようにしているが、ときどき間違え、載っけてみたら反対巻き、ということもある。

家に来る客に得意顔でクローゼットの中身を披露することもあるが、客は内心「あんな変な渦々にしておかないで、布団収納袋に入れればいいのに」と思うのでは。

広告からベルメゾンのサイトへ飛べば（広告主の思うツボ）、商品は『防ダニ・抗菌・防カビ機能が続くクローゼットぴったりの布団収納袋』という。袋というより布製ケースだ。キルティングふうの不織布製で、透明フィルムの「窓」が付いており、中が見える。

ファスナーを開けた内部には、中身を押さえるベルト。これは考えたものである。布団を買ったとき、同様の不織布製ケースに入っていて、収納に用いていたが、ファスナーがすぐに壊れてしまった。ベルトで押さえてから閉めれば、ファスナーにかかる力が軽減されて、傷みも遅くなるだろう。

防ダニ云々というのは、裏生地に防ダニ剤などを練り込んであるそうだ。これも便利。今は寝具の間に防虫剤や吸湿剤を突っ込んでおり、それも棚を美的でなくする要因なのだ。

色はぱっと見、白もライトグレーもなさそうなのが不安だが、六色展開とのことなので、次善の策を後ほど検討として、まずはサイズだ。三サイズ展開で、高さが二五センチをはじめ三とおりあり、縦横はいずれも七〇×五〇。棚の方はどうだったか。メジャーと脚立を持って行く。

棚と天井との間は二八センチ。高さ二五センチは理想的。

奥行きは六二センチ。七〇センチは少々はみ出るが、クローゼットの扉との間は余裕があるから、充分許容範囲だ。ケースに入れれば、はみ出ても垂れることはあるまい。扉との間を棚の延長として活用でき、むしろ理想的である。

なのに幅が！　棚のまん中のポールを避けないといけないから、幅が七二センチずつに分割されてしまう。奥行きを最大限生かすには、ケースの七〇センチの側を縦に、五〇センチの方を横にして置かざるを得ないが、そうするとポールまでの間が、二二センチも余ってしまい、いかにも収納効率が悪い。幅七〇センチか、あるいは三五センチのがあれば二つ並べて置けるのに。

そこからの私の行動は、ご想像がつくだろう。インターネットで「布団収納袋　三五×七〇」を検索ワードに探しはじめる。

まずはAmazon。Amazonは絞り込み機能がいまいちで、サイズの合わないものがたくさん出てくるが、画像を見て思うのは、布団収納袋は紺か焦げ茶が多いことだ。引越荷物ではないのだ、クローゼットに常にあるもの。クローゼットは日に何度も、特に朝は必ず開ける。そのとき天井近くに濃い色がどよーんとあるのは、一日のはじめにいきなり頭に重石を載っけられるようで、気分への影響は大。白かせめてライトグレーであってほしい。

Yahoo!ショッピングへ移ると、なんと、三五×七〇×二五と、幅、奥行き、高さの三サイズが、すべて条件どおりなのがある!

惜しむらくは色で、検索結果一覧の画像では焦げ茶だが、商品ページへ行けば、ベージュもあった。ベージュ……。白ではないが、それに近い色として許容するかどうか。

機能の方を先に見ると、不織布で透明の窓つきなのはベルメゾンと同じ。生地に防ダニなどの機能はついていない。代わりに防虫剤などを入れるポケットがある。ベルメゾンの方にあった、中身を押さえるベルトもない。

価格は一四五八円。ベルメゾンのはサイズによって違うが一七九〇円から二〇九〇円だ。価格は今みつけたものが安いが、防虫剤や吸湿剤を別に買わなければいけないことを思うと、高くつく気もする。押さえのベルトもないことは、布団を買ったとき入ってきたタダの袋と同じだが、あれよりはファスナーが頑丈だと思いたい。何よりもサイズが合う点で、他に代え難い貴重な品だ。

色をどう考えるか。画像ではベージュというよりクリーム色に近いようでもある。

商品説明の方に、縁の部分を拡大した画像があり、そちらでは縁を補強したテープがベージュで、布そのものは白だ。ベージュと呼んでいても限りなく白に近いと思っていいのでは。買おう。

スペース的には四つ並ぶが、一四五八円×四は失敗したとき痛いので、まずは二つ。注文手続きへ進めば、ヤマトの送料八六四円がかかるという。商品代二九一六円に対して八六四円は大きいが、昨今の宅配業者の事情を思えばやむを得まい。

数日後、届いて梱包を解いた瞬間、限りなく白に近いというのは、希望的観測に過ぎなかったと知った。画像の色よりさらに暗く、カーキに近いベージュ。拡大画像の白はなんだったのか。たまたま裏生地か何かが映っていたのか。

私はこのベージュを受け入れようと努力した。返品の可能性もあるから、透明のポリ袋に入ったままの状態で、脚立に乗って棚に当て、その色が全体にあるようすを、なるべく明るめに想像した。それから、今の白とライトグレーとから成るようすとのどちらがハッピーかを、頭の中で比べてみた。

どう努力しても後者であった。朝から枯れ葉のような色を見るのは、やっぱり気分がどよーんとしそう。返品しよう。

ありがたいことに、いわゆる「お客様の都合による返品」も受け付けており、送料はこちら持ち。購入時の送料の返金もない。往復で八六四×二＝一七二八円の送料は商品一個ぶんを上回るが、決意は揺らがない。使わないものをため込んでおくほど、収納にとって不幸なことはないのだ。

ショップにメールし「当方の都合により返品させて下さい」と、自ら「当方の都合」であることを表明する潔さを示した。

返信は、送料がこちら持ちになることを詫びる、たいへん丁寧なメールだった。いえいえこちらこそ的なメールを送り、その一方で、送料の負担を少しでも軽くする方法を考える。ヤマトは少し前に値上げしたと聞いた。ゆうパックについては、そうした噂を耳にしない。

ヤマトを取り扱っているコンビニの前を通り過ぎ、家から遠い郵便局まで持っていく。「お届けが完了したことを通知するはがきは、どうしますか？」と窓口の人。「お願いします」と答え、処理を待ちつつ財布を開く。窓口からは「九五〇円です」と。

今、なんと？

もしかしたら通知はがきとやらのため？「そ、そのはがきは有料なんでしょうか」と聞きたいが、すでに処理してもらったものを撤回するわけにもいかず……。

でも悔いはない。使わないものをしまってある気の重さに比べれば、送料が何であろう。棚のごちゃつきは、脚立に乗ったついでに渦を揃えて並べ直したら、それでずいぶんすっきりした。

収納グッズに頼るより、入れるときのひと手間がだいじという、収納問題にありがちな結論にたどり着いたのだった。

コスメポーチ

私はいつも思っている。ポーチとかバッグとかバッグインバッグって、使い勝手のいいのに出会うのが、なぜこうも難しいのだろう。サイズ、ファスナーの開閉の仕方、仕切りポケットなど、何かが常にしっくり来ない。今回の買い物はコスメポーチのお話。男性は身づくろいの品をポーチで持ち歩くのかどうか知らないが、ウエストポーチやセカンドバッグのご不満を思い出していただければと。

私のコスメポーチの中身はだいたい決まっている。コンパクト、口紅、リップブラシ、眉ペンシル。それらメイク用品の他に、綿棒、リップクリーム、折りたたみ式ヘアブラシ、歯ブラシ、歯みがきのミニチューブ、歯間ブラシ、個包装の眼鏡拭きティッシュ、目薬、耳栓。冬はこれに手の乾燥防止クリームを丸い小分け容器に入れて。夏は日焼け止めクリームが加わる。人によっては爪切りや鼻毛バサミまで持ち歩くと聞くから、そう多い方ではないだろう。

これまででいちばんよかったのは、二年ほど前まで使っていたポーチ。何と言っても中身が一望のもとに見渡せる。バレンタインデーのチョコレートによくある、平たい箱をイメージしてもらえばいいか。箱の蓋《ふた》にあたるところの三辺にぐるりとファスナーがついていて、本体とつながる一辺だけ残して、ぱかっと開く。浅いので、中でものがそう複雑に重なり合わず、何がどこにあるかひと目でわかって、たいへんよかった。

色は無地のブラウン。女性誌の付録だったものである。

便利ではあったけど、劣化が早かった。付録すなわちタダでもらえる品だから、耐久性を持たせてはいないのだろう。外側のビニールコーティングが剝げてきて、白くささくれたり破れたり。自分では慣れているが、知人とトイレの洗面台で隣り合わせたときなど、みすぼらしさにふと気づき、取り出すのがためらわれる。買い替えないと。

付録だから同じものは売っていない。似たようなものを探しに『無印良品』の店へ行った。よく通る駅ビル内にはポーチ類を置いている店がいくつもあるが、花柄、レース、リボン、フリルつきと、いかにも女性的。インテリアは姫系の私だが、ポーチはシンプルかつ機能的でありたい。

無印良品で黒い無地のナイロン製ポーチを購入した。

結果として私には失敗だった。開閉の仕方のためだ。チョコレートの箱に喩《たと》えた前のものが、蓋を上へ開けるものなら、こちらはいわばファスナーでもって、本体を左右に割る。ファスナーがぐるりとついている長財布をイメージしてもらえばいいか。

お財布では、レジで小銭を支払いたいのに下の方の小銭がなかなか取り出せず、苛々することが誰にもあろう。それと同じことが、この方式のポーチでは起こる。

左右に完全に開くなら、それはそれで一望のもとに見渡せるのだが、マチのようなものがファスナーの下にもついており、ある角度以上は開かない。

これはとってももどかしい。電車待ちの間に手にクリームを塗りたいときとか、人目をしのんで歯間ブラシを使いたいときとか、必要なものがすぐに取り出せなくて。

むろん買う前に、このファスナーの仕様には気づいていた。が、中の仕切りポケットが判断を誤らせた。左右に開いた内側には、小ポケットがいくつもある。さすが無印良品、機能的。こまかいものはここに入れれば、行方不明にならなくてすむ。

が、そのとおりにはならなかった。ポーチというのは持ち歩く際、鞄の大きさに合わせて入れる向きが変わる。網棚や膝の上などで鞄ごと倒すこともある。ポケットに収めても出てしまい、ポーチを開けたときにはポケットは空。みんな底の方へ落ちている。

ポーチがなんだか重くなってきたので全部出してみたら、綿棒や歯間ブラシや歯みがきのミニチューブが何本も出てきた。腰痛持ちの私は、荷物は紙一枚だって軽くしたいのに、こんなに余計に持ち歩いていたなんて。無印良品に厳しいことを書きたくないので、さきほど「私には」失敗だったと留保をつけたが、作りの詳細を確かめるため同社のサイトを調べたら、この商品をみつけられなかった。不評のため生産中止になったのでは。まだあるのに私がたどり着けなかっただけなら、申し訳ないけど。

やっぱり、ぱかっと開くに限る。箱形のものに買い替えることを決めた。このときは、それがいかにたいへんかを予想していなかった。付録にあったくらいだから、コスメポーチとしてはごくふつうの形だろうと思っていたのだ。が、意外とない。駅ビルの雑貨店に行くと、置いてあるのは私の言う財布型か、ファスナーが上の一辺にあるだけか。後者は財布型よりさらに見にくい。

ネットで「コスメポーチ　箱」で探すと、救急箱のようなものが出てきた。取っ手つきの蓋に、本体はメイクブラシをびっしり立てられる深さで、二段式のものもある。バッグに入れて持ち歩くものでなく、それじたいがバッグだ。

「箱」というと、こうなるわけか。他に適切な検索ワードを思いつかないまま、惰性でスクロールしていると「うん？」と手を止めさせるものが。平たい箱ふう。ファスナーの付き方も、蓋にぐるりだ。商品ページへ行けば、なんとペンケース。

商品名に詰め込まれた単語の何かにひっかかって混入したのだろうが、私には大きな転換点だった。コスメポーチでなくペンケースから攻めればいいわけか。

「ペンケース」で検索すると、求める形の出現率がにわかに上がる。代わりに別の難点が出てきた。色と柄だ。

スヌーピー、ディズニー、キャラクターもの以外では自動車、サッカーボール、バナナ、パイナップルと、やたら元気でカラフルになる。商品名も『男の子女の子新学期ペンケースペンポーチ筆箱筆入れおしゃれかわいいアニメ漫画』など、対象年齢の低さを思わせる。いかにも女性的なのは抵抗があるが、あまり幼児化するというのも……。

それからの私は「ペンケース」の検索ワードを手に、しばらくネット空間を漂った。

するとふいに、許せるシンプルさのものと出会った。黒や茶ほどでないけれど、ピンクベージュというまずまずな地味な色。無地とまではいかないが、白のレースのふち取りがあるのみ。ピンクベージュにレースのふちなんて、かつてのババシャツ……ユニクロのヒートテックで防寒シャツが堂々と着られるようになる以前の、肌色にカモフラージュしようとした、あの肉襦袢色のシャツを思わせるが、それだけ目立たない色であるということ。ビニールの合成皮革のようである。

開けたところの画像もあり、蓋の裏にはメッシュポケットがついている。他に、蓋と本体のつなぎめのところに、弁にも喩えられそうな小さな仕切りの布があり、縫いつけたゴムバンドにペンを三本差し込めるようになっている。

これは意外なすぐれものかも。箱の蓋がぱかっと開くのは、それだけでものが迷子になりにくいが、その上これらの収納場所があれば、よりいっそう整理される。メッシュポケットに歯間ブラシや歯みがきのミニチューブ、などのこまかいものを、ゴムバンドに眉ペンシルやリップブラシといった棒状のものを入れればちょうどいい。

価格はたまたまセールになっており七八〇円。送料はなし。コスメポーチだったらあり得ない価格なのは文具だからか。

読者の皆さんはおそらく、ポケットへの過信による失敗を想像なさるだろう。無印良品でポーチにおけるポケットの無意味さを知ったのに、また同じ過ちを繰り返したかと。

そうではなかった。メッシュポケットだと網目にひっかかり、ゴムバンドも押さえがきくので、中のものは保持される。期待以上であったのは、外側にもポケットがついていること。商品画像で見落としていたが、ファスナー付きポケットがひとつあり、頻繁に出し入れする目薬や耳栓（電車の中でたいていいしている）はそこに収めれば、本体を開けなくてすむ。

が、もとがペンケースである哀しさ。入れたいもののサイズ感と微妙に合わない。容量としてはこれまでのコスメポーチと同じくらいだが、縦横のバランスが違う。ペンを入れる前提だから細長く、円形のコンパクトとかかさのある折りたたみ式へアブラシはいっぱいいっぱい。ファスナーははち切れそうで、へたに開けると、中のものが飛び出そうだ。本来の用途とは別のものとして使う限界を感じる。

日焼け止めクリームを持ち歩く季節になったら、買い替えざるを得ないような気がしている。

諦められないパンプス

年度末や年度はじめは、改まった服装をすることが、何かと多い。ふだんはパンツの私も「ここはスーツか、せめてジャケットにスカートでないと場違いでしょう」と。

そのときに困るのが靴である。パンツのときはウォーキングシューズを履いているが、素材は革でも形としては、ほぼスニーカーだ。ごつくてスカートに合わないし、印象もカジュアルになりすぎる。

するとやはりパンプスか。

今となっては伝説めくが、バブルの頃は「ニューヨークのキャリアウーマンは、スーツにスニーカーを履いて通勤する」と言われ、映画にもそんなシーンがあった。スニーカーでも黒のスーツに同化しやすいものでなく、あえて目立つ白だった。デキる女は健康にも意識が高く、基準は自分の心地よさ、世の決めごとに関係なく、きゅうくつなパンプスから足を解放します的なメッセージ性も込められていたのか。

スーツにスニーカーの女性を、私も実際に見たことがある。ニューヨークではなく日本、それもオフィス街のどまんなかではなく、私の住む郊外の駅の、駅ビル内のとんかつ屋というところが泣かせる。そうでしょう、仕事の後、満員電車でここまで帰ってくると、家まであとひと息でも、夕飯を作るのが嫌になる。栄養的に多少偏りがあっても、外ですませてしまいたい。とんかつならキャベツが大量につくから、とりあえず野菜はとれるし。

食べ終えて、書類かばんを持ち上げレジへと立ったその女性のスニーカーの白さが、店の蛍光灯に照らされ際だつ。肩パッドの入ったスーツにスニーカーは、流行りとは聞いていたけど、組み合わせとしてやっぱり無理があり、痛々しくもあった。

その後定着しなかったから、あれもバブルの一現象か。不況になると仕事の服装は保守化する。そんなところで自分を主張し、悪目立ちするより、長いものには巻かれて……。

スニーカーをめぐるお話が長くなってしまったが、そんなわけで私はせめてパンプスの中で楽なものを探すのだった。

数年前までは、「ここのなら」というメーカーがあったのだ。外反母趾《がいはんぼし》に優しいことをうたうメーカーで、商品名にはパンプスでなくバレエシューズとつけていた。デザインはパンプスふうだが、ヒールの高さは二センチあるかないか。靴底のフラットなことは、パンプスよりウォーキングシューズに近い。改まった服装のときは、それぱかり履いていた。

さすがにあちこち傷んできたので、買い替えようと店に行くと、なんとバレエシューズは作らなくなったという。外反母趾に優しいことは引き続き追求しつつ、ファッション性を高めて改良したと。デザインはよりパンプスふうになり、商品名からバレエシューズの呼び方が消えていた。

これは私には合わなかった。

メーカーは、同じものを作っていては消費者に飽きられると思うのかもしれないが、考えてみてほしい。おしゃれなパンプスならいくらでも売られている中、わざわざ外反母趾に優しいことをうたうところへ買いに来るのは、足に悩みを持つ人間。さんざんに期待外れや失敗を繰り返した末に、ようやくたどり着いたのだ。改良よりも変えないことが、私たちには最良なのである。変えてもいいが、前の商品も残しておいてほしい。

「そうだ、あそこならどうだろう」。思いついたのは、バドミントンのラケットで知られるメーカーだ。これも数年前、そのメーカーが作ったウォーキングシューズが「通販生活」にデビューして、試したらとてもよかった。履いた初日から、違和感なく歩けた。

スポーツ用品から発して、タウン用のウォーキングシューズ部門へ進出したくらいだから、もしかしてパンプスも作っていないか。

メーカーのサイトを見ると、予想的中、製品一覧にパンプスもある！　もともとがラケットメーカー、種類の少なさは致し方ないが、二つ載っているうちのひとつは、履き口がUの字型をした、パンプスとしてもっとも一般的なデザインだ。詳細を知りたく、販売ページへ行こうと画像をクリックするが、なぜか行けない。ページ内の無限ループとなる。

サイトを開き直して「よくある質問」から調べたところ、「弊社のオンラインショップはございません」とのことだった。

手の届きそうなところまで近づきながら、ネットの海へ漂い出なければならぬとは。

これもパンプス難民の宿命と、甘受する他はない。

ネットでもなかなかなくて、ようやく探しあてたのは楽天。しかしここでもじゃまが入る。商品の詳細を読もうとすると、画面脇から「商品をかごに追加」「ご購入手続きへ」と書いた四角い枠が現れて、説明を隠してしまう。「急かさなくても、読んで納得したら買いますから」と払いのけたい。

あれって購入へ促す効果があるのだろうか。自ら営業妨害しているようなものなのでは。「商品をかごに追加」したら引き下がるかと、とりあえずかごへ放り込んだが、商品ページへ戻ると、またも出てきて、買え買えと騒ぐ。ほんと、始末に悪い。

その苛立ちはあったが、商品そのものにはより惹かれた。説明によれば、私のウォーキングシューズと同じパワークッションという素材が使われているそうだ。そのメーカーが開発した衝撃吸収材で、歩くたび足にかかる衝撃を、瞬時に反発力に変え、前進のエネルギーを生み出すという。

効果のほどはどれくらいかといえば、七メートルの高さから生卵を落としても、割れずに四メートル以上跳ね返るそうだ。足と生卵をいっしょに考えていいかどうかはわからないが、こういう科学的っぽい記述に、私は弱い。

パワークッションのもうひとつの特徴は、軽量であることだ。重みが出ないから、たくさんのパワークッションを搭載できる。軽さはまた、疲れにくさにもつながる。軟質ウレタン素材と比較して十分の一の軽さ、筋肉疲労度は十パーセント減、衝撃吸収性は一・三倍、反発力は三倍、という頼もしい数字が並んでいる。

このパワークッション以外にも、商品にはいろいろ工夫があるようだ。履き口にゴムを配して、優しくフィット。

そう、パンプスでは、履き口の革の当たりが痛くて、足の甲にUの字型の跡がつくことも多いのだ。かかと周りの内側にもパッドを入れて、脱げにくくしてあるという。かかとが靴の中で上下すると、靴擦れができてしまうのだ。さらには土踏まずにフィットする設計で、前滑りを防いでいると。パンプスを履いていた頃は、前滑りも痛さの原因だった。土踏まずが靴の中で宙に浮いた状態だと、足の前の方に体重がかかり、つま先も締め付けられる。

読めば読むほど、楽そうに思えてくる。ただひとつの不安は、ヒール高が四センチと書いてあることだ。バレエシューズもウォーキングシューズもほぼフラットであることを思えば、四センチはパンプスの中では低い方だが、私にとってかなり高い。でも、さまざまな面から履きやすさを追求した靴。四センチというヒール高も苦にならぬようにできているのだろう。購入を決める。

楽天市場では、メーカー希望小売価格より五千円以上安くなっていたが、残念、私のサイズは在庫切れ。オークションのサイトでようやく、出品者が「ストア」の新品をみつけ、定価で買った。税込一万七二八〇円。

読者の皆さんは、結論をすでにお察しかもしれない。が、順々に報告しよう。

商品の状態は申し分ない。まぎれもなく新品で、デザインは先に述べた履き口がUの字型で、色は黒という、パンプスとしてもっとも汎用性のあるものだ。椅子に腰掛け、片足ずつ入れてみる。土踏まずのフィット感、かかとのホールド感、履き口の当たりのやわらかさ、すべてが期待どおりだ。

が、椅子から立ち上がった瞬間、悪い方の予想も的中した。買う前にかすかに頭をよぎりながら打ち消した、四センチ問題だ。

立った瞬間、忘れかけていた腰の張りがよみがえった。

かかとが四センチ上がるぶん、体の軸はつま先側へ傾く。顔がまっすぐ前へ向くよう修正すると、背骨はおのずとカーブして、腰が反るのだ。

この数年腰痛に悩まされなくなり、ジム通いの成果でコア筋が付いてきたかと思っていたが、そうではなかった。単にパンプスを履かずにいたから。フラットな靴に慣れていた私には、四センチは急角度過ぎるのだ。四センチでもだめとは、パンプスを諦めよと言われているようなもの。

バレエシューズの再生産を待つか、組み合わせとしては変でもウォーキングシューズを履くか。スニーカー？　それはやっぱりできなそう。

四万円のごみ箱

　ごみ箱が四万円超と聞いたら、皆さんどう思われるだろうか。キッチンででる生ごみをバイオの力で分解してくれるとか、オムツの匂いをナノテクで消臭してくれるとかいう、特別な機能の付いたものではない。洟《はな》をかんだティッシュなどを、単に投げ入れるだけのもの。

「何様のつもり？」そう思うのでは。私も当初は憤りに似たものを覚えた。四万円なんて、地方都市ならひと部屋借りられる値段。

　そのごみ箱は、とある国産家具のメーカーのもの。イギリスのカントリー家具を日本の住まいに合わせて小ぶりにした家具を作るメーカーで、商品はどれも愛らしい。無垢材の木目を生かしたアンティーク調の塗装。テーブルのへりひとつも、額縁ふうの段をつけてあり、ものによっては浮き彫り細工やステンドグラスなど、職人さんの手仕事が施され、懐かしさと温《ぬく》もりを感じさせる。

私はそのメーカーがたいへん好きで、テーブル、椅子、チェスト、ジュエリーボックス、レターラックを持っている。家具の他、そうした家具調の小物も作っているのだ。

ごみ箱も、カタログに載っていた。八角ダストボックスと名の付くとおり、八角柱の形をしていて、八角形の蓋《ふた》があり、円形の飾り彫りがなされている。

今リビングダイニングに置いているのは、茶色の合成皮革でできたバケツ型のもの。家具の色に合わせたもので、悪くはないが、蓋はないため中は見えるし、経年劣化か、だいぶみすぼらしくなってもいる。もともとの細工も丁寧ではないのだろう、合成皮革を折り返した内側のふちはひび割れて、あちこちめくれている。内側から貼り合わせてある黒の不織布も、糊が剝がれてきているのか、へりに近い方から凸凹してきており、ごみとともにそれらが見えて、「なんだかな」とは思っていた。

そう、リビングダイニングではごみ箱は、意外と目につく。食事中の椅子からもソファからも捨てやすいよう、部屋のまん中に置いているし。

あれを家具調の八角ダストボックスに買い替えたら……。ごみが見えないことといい、姿かたちといい、申し分ない。

カタログの商品写真のそばには、価格の表記はなく、一覧表にして巻末に差し挟んである。

それを見たときの反応が、冒頭のものだ。「何様のつもり？」。税込四万一〇四〇円。自分でごみを処理するわけではない、ただ置いてあって、ごみを投げ入れられるのを待っているだけのものが？　いくら見た目は上等でも、「かわいきゃいいってもんじゃない！」。

というわけで心の中の「ほしいものリスト」から、いったんは削除された。リストに戻したのは、近くの百貨店の催事場に行ったときだ。そのメーカーが出店していた。

思えばこのメーカーを知ったのも、十年ほど前たまたま通りかかったこの催事だ。かわいらしさのとりこになり、以来折にふれて、テーブル、椅子と購入してきた。限られたスペース、家具はもう増やせないけれど、小物なら少しずつ買い足していきたい。

売り場にいた男性にそう話すと、なんと小物はすでに作らなくなっているという。私の持っているカタログはたぶん古いもので、新しいカタログからは消えていると。

するとあのごみ箱も、もう手に入らない？　去られてみてわかる愛情と言うべきか。「何様のつもり？」と悪態をついていられるのも、あるという安心感から。ないとなったら話が違う。

八角ダストボックスが、わが家のリビングダイニングに来ることは、永遠にない。そう知ったとたん、恋い焦がれる気持ちが思いもよらぬ激しさでわいた。あれをそばに置けるなら、四万円払っても惜しくはない。あのごみ箱は私にとって「かわいきゃいいってもの」だった。

「メーカーのかたですか？」。男性に尋ねる。生産終了になった品でも、メーカーにまだ在庫があるのではと考えたのだ。単なる販売員であり、メーカーから派遣されているのではないという。

「メーカーに……」問い合わせてもらえるかどうかを聞きかけて、ふと思い出したのが某家具店。創業家の御家騒動という、会社にとっては不本意なことで話題になってしまったが、私は何かと世話になっている。このメーカーの家具も、その店なら割引価格になると知り、チェストはそこで購入。友の会みたいなもののメンバーにも、たしかなった。

八角ダストボックスも、あの店なら割引価格で販売してくれないか。四万円でも惜しくないとは言ったが、安く買えればそれに越したことはない。

メンバーズカードを探して、電話をかける。このメーカーのこういう商品を購入したいと、カタログに記載の商品番号を言うと、調べて、折り返しかけるとのこと。答は残念。店に在庫がなく、メーカーに問い合わせたが、そこにも在庫はなかったという。

ならばとネットで探したが、やはりなく、あきらめざるを得なかった。

事態が急転したのは、次の日だ。古いとされたカタログをめくり直し、小物でやはり、あれば買っておきたいものができて、家具店に再び電話。前日同様、調べた上で告げられた返事は、「当店にもメーカーにも在庫がないが、別の店舗に残っていた」と。

そういう可能性もあったたか。前日にはないパターンだ。

「でしたらもうひとつ、探していただきたいものがあるんです」。八角ダストボックスの商品番号を言えば、千葉だったか埼玉だったか忘れてしまったが近県の店舗にあるという。ただし展示品としてずっと出してあった品なので、傷や塗装の剝げがある。

それでよければ、割引価格の三万何千円かからさらに引いて三万円ちょうどで販売すると。

電話口で、私は唸った。迷うところだ。安くしてくれるとはいえ三万円のごみ箱で、剝げ、傷はかなりつらい。どの程度の剝げ、傷か。画像をメールで送ってもらう。拡大すれば、下の方に数箇所確認できるが目立つものでなく、その面を隠すようにして置けば、気にならなくも思える。

見た目が九割で選んだごみ箱。完品があるなら、四万円超でもそちらを買うだろう。が、現品限りで、これを逃したら二度と会えない。

「不安がなくはないんですけど、お店としては、商品として販売できる水準にはあると判断されたわけですよね？」。だからだいじょうぶと結論するための、自分のための誘導尋問みたいになってしまったが、相手には脅しめいて聞こえたかも。

購入を決断。送料無料、振込手数料とも向こう持ちなのはありがたい。

配送されてきたそれの第一印象は「大きい……」。全般に小ぶりの家具のメーカーなので、それに準じたものと思っていたが、高さは同じメーカーの椅子の座面より高く、蓋も大人がゆうに腰掛けられるくらいある。ごみ箱というより、ボックススツールのようで、存在感でいえば、小物ではなく家具の域。

心配だった剝げや傷は気にならず、三万円で買えたのは、むしろ幸運というべきだが。

リビングダイニングに運んでみると、部屋の雰囲気がいっきに引き締まる。かわいいというより立派だ。立派すぎる気もする。ごみ箱がこんなに堂々としていなくてもいいような。

カタログの写真では、八角形の蓋の中央に円形の飾り彫りをしてあると思っていたものが、ごみを捨てる口だった。円形にくり抜いた板の芯に棒を通して渡してあり、へりを押せば中へ下がって、ごみを落とせる。このへんの精巧な作りが、メーカーとしては手がかかって生産を終了してしまうゆえんだろうか。

あまりに美的で、洟をかんだティッシュなどを捨てるのはためらわれる。押すところは決まってくるだろうから、そこから塗装が剝げてきそう。ダイレクトメールの封筒なども、角で蓋を傷つけそう。

思えば今まで使っていたごみ箱は、ずいぶん乱暴な扱いをしてた。軽くてやわらかいのをいいことに、はしをつかんで引き寄せるのはしょっちゅうだし、足の爪を切るときは、あちこちに飛び散ると面倒だから、ごみ箱を倒して足首から先を突っ込み、中でかかとを立てて、爪切りを使うことをよくしていた。それだから、へりや内側の不織布が早く傷んだといえるのだが、今回のごみ箱は、重さ的に、また構造的にそういうことはできないし、ぞんざいな扱いをする気になれない。

合成皮革の方も処分せず、リビングの隅に残しておくことにした。そしてもっぱらそればかり使っている。

八角ダストボックスを買ったことへの後悔はないが、ごみ箱の用はなさず、見た目が十割の品となったのだった。

メディカル枕

「枕で苦労するんですよね」。出張の話をしていたら、仕事先の男性が言った。枕が替わると寝られないという話はときどき聞く。私も最初は違和感があるが、向きを変えたり裏表を逆にしたり、なんだかんだ工夫するうち、いつの間にか眠りに落ちている。その男性は豪放磊落《ごうほうらいらく》な印象だが、神経は私よりも繊細なようだ。

枕については旅先に限らず合うものがなく、これまで何個も取っ替え引っ替えしているという。肩こりや腰痛が治らないのも枕が関係するのではと考えているそうだ。

枕のフィッティングコーナーが百貨店や専門店にあるので試してみてはと言うと「そういうところって、結局買わなきゃいけなくなるじゃない」。えーっ⁉ 断っても全然構わないのに。店員さんにすすめられるのがプレッシャー、だから服も通販で買うと言うから、どれだけ気が小さいのか。

通販で思い出すのは、カタログハウス取り扱いの『メディカル枕』。通販マニアの気のある私は同社の雑誌「通販生活」を毎号読んでいるが、常に上位にランクされている。「合うかどうかわからないけど、調べてメールします」。男性にはそう言った。

私が使っているのは、『メディカル枕』ではない。テンピュール社の低反発のものを長く使っていた。買ったのは二十年、いや、もっと前か。高機能枕の走りといえる商品である。ウレタンフォームの表面に掌を押しつけると、手形がそのまま凹みとなって残る広告におぼえのある人もいよう。頭の形に合わせて変形し、ゆっくりと元に戻る力で包み込むようにサポートする。

もともとはNASAが一九七〇年代、宇宙飛行士がスペースシャトルの離着陸時に受ける重力を、なんとか分散しようと開発した素材だそうだ。それをもとにスウェーデンのテンピュール社が、一九九〇年代から枕を生産しはじめた。

形にも特徴がある。従来の枕は、まん中が高くなっているのが一般的だったが、テンピュール社の定番商品は首が高く、頭の上の方に向かって滑り台のような、なだらかな傾斜がある。はじめて見たとき、逆なのではと思った。新幹線の座席の背もたれだって、頭の方が少し高くなっている。これだと頭に血が行きのぼせるのでは。

しかし説明を受けて、なるほどだった。人間の首はカーブしており、仰向けになると後ろが凹んでいる。この凹みを枕のいちばん高いところが支えることで、頸椎《けいつい》への負担が少なくなるという。たしかに理にかなっている。

説明を受けて、というのは、フィッティングコーナーへ足を運んだからである。冒頭の男性と違い、試着しても断れるタイプの私は、いくつか頭を載せてみた結果、定番の商品を買って帰った。以後長く使ったから、悪くはなかったのだろう。

いや、もっと積極的に評価していいかも。同じテンピュール社の低反発素材のインソールまで、追加購入したくらいだから。この連載を長く読んで下さっている方は、覚えておいでかもしれない。

首の後ろの隙間を埋めるのと同じ理屈で、土踏まずの凹みを低反発素材でサポートするもの。靴のフィット感は改善し、靴が合わずに悩む多くの人にすすめて感謝されたが、残念ながら生産終了。今はそのへんのドラッグストアで売っている低反発素材のインソールを使っている。

書きながら突然思い出したが、テンピュール社の事務椅子も買ったのだった。座面と背もたれが低反発素材でできている。注文制作で何ヶ月もかかったが、腰痛持ちだった私は、このままでは執筆ができなくなるのではと、死活問題のつもりで購入した。忘れもしない……いや、忘れていたが、新宿の東急ハンズであった。そう、今の今まで忘れていたから、期待した割によくなく、どこかの時点で処分したのだろう。去る者は日々に疎《うと》し。注文制作なら日数だけでなくお金もかかったはずだが、都合の悪い記憶は消去される。買い物では特に。

今は腰痛にさほど悩まされなくなったのは、背筋を鍛えたことが大きいように思う。テンピュール社へのこだわりも薄れていった。靴のインソールについて「そのへんで売っている」と書いたとおり、低反発素材のものがあちこちで出回るようになったのだ。枕についても、百貨店や専門店へ行くまでもなく、駅前商店街の路面に出たワゴンに、低反発素材のものが安く売られている。NASA開発の素材には及ばないかもしれないが、テンピュール社の十分の一の価格にはひかれる。

わが家のテンピュール枕も、長年の使用でだいぶへたって、掌で押すと押されたまま。反発しないテンピュール社より、少しは反発するノーブランド品の方がいいのでは。そう思って買い替えたのが、今使っている二代目である。

枕に悩める男性への情報提供のため開いたカタログハウスのホームページだが、読むうちにのめり込んでいった。

この枕、「硬凸軟凹構造」のため、返品率は二十五年間で、たった三パーセントという。「硬凸軟凹構造」とは何ぞやと言えば、断面図が載っていて、それにより私が使用中ならびにかつて使用のテンピュール社の枕との形の違いがよくわかる。テンピュール社の枕を滑り台に喩《たと》えたが、メディカル枕は滑り台を二つ向かい合わせにつけた形と言おうか、首と頭の上の先との両方が高く、中央が低い。

素材は低反発とはどこにも書いておらず、硬めのウレタンフォームの芯と、それをとり巻く柔らかな中わたから成る。芯そのものが中央の凹んだ形をしていて、首筋から肩はウレタンフォームの凸部がしっかり支え、頭は凹部に収まるが、ウレタンフォームは弾力性があるので、その人に合った適度な深さに変化する。

サイズは横七五センチ×縦四五センチとかなり大きい。そのため、寝返りなどによるさまざまな頭の置き方に対応できる。

人によって枕の好みも頭の形も千差万別なのに驚異的に低い返品率は、これらの工夫のたまものであるようだ。

もとはイタリアの整形外科の権威である博士が長期入院患者のために開発し、同国の枕専門メーカーであるファベ社が製品化。同社では現在六種類の枕を作っているが、その中でも最上位が「高反発ウレタンを使用している病院特別納入用」のこの商品という。そう、私のような通販マニアは、「NASAが開発」と、「医療機関が採用」という言葉に弱い。「高反発」というワードが出たことにも注目したい。低反発素材に対し、向こうを張ったと考えられる。

使用後も返品OK。商品到着後十四日間はお試し期間であり、使って合わなかったら、遠慮なく返品して下さいと。通販ではめずらしいことだ。返品率三パーセントの実績に基づく強気だろうか。

読めば読むほど自分がほしくなってきた。二代目の低反発枕もかなりへたっていることだし。字義どおり受け止めて、遠慮なくお試ししよう。税込一万五八四円＋送料三五〇円。

私はカタログハウスの回し者ではない。この枕もガチで購入している。そうわざわざ書いたところで、読者はお察しだろう。そう、この商品は当たりだったのだ。

お試しして数日で気づいたこと。朝起きたとき、枕がひしゃげていない。それまではベッドのヘッドボードにせり上がる形でつぶれていた。よほど強い力で頭を板に押しつけていたのか、頭のてっぺんを中心に痛みの残っていることもしばしばだった。

私はそれを寝相のせいと思っていた。ひとり暮らしなので寝相を知る機会がないが、おそらくは上へ上へとずれていく癖があるのではと。抱っこされている赤ん坊がよく、足を突っ張ったり体を伸び縮みさせたりして、腕から出ようとするが、睡眠中は一種の幼児返りで、ああいう運動をしているのではと。

枕を替えてから、朝の頭痛がない。のみならず見なくなった夢がある。前は、狭い岩の間から頭がつかえて抜け出せないといった夢をよく見たが、なくなった。

私の場合、首だけ高い形では頭がまさしく滑り台を落ちるように、ヘッドボードの方へずれていたのが、頭の方にもストッパーができて、安定したようである。私には大成功の買い物だった。

買い物の発端となった男性に後日会ったとき、『メディカル枕』を話題に出すと、すまなそうに口ごもる。買ったけれど合わなかったと。「十四日以内なら返品できますよ」。念のために言うと「そうらしいけど、なんか気がひけて」。えーっ、どこまで遠慮深いの!?

こういう人もいての三パーセントであることは、含んでおいた方がよさそうだ。

ムジラー

「かごを買った方がいいんじゃないの」。家に来た知人の女性は、そう言った。来客がバッグなどを入れるかごのこと。

わが家のリビングは、なにぶん床が傷つきやすい。スマホを落としただけですぐ凹む。一年半前のリフォームで貼り替えたもので、やわらかな感触が足には気持ちよいけれど、そのぶん弱くもあるようだ。

椅子の脚はもちろんのこと、ごみ箱にまでフェルトを貼り、傷を防止しているが、来客の荷物はどうするか。来客はリビングに通すが、仕事がら取材の人が多く、その人たちのバッグは概してごつい。カメラの機材バッグ、金具のいっぱいついたリュック、底に鋲《びょう》を打った書類鞄など。

はじめは荷物置き用の敷物を、部屋のひとところに設けていた。旅館取材をしていた頃、行った先でよくそうしてあった。ごついバッグを持った人には「どうぞ敷物か椅子の上へ」とご案内するが、皆さん敷物や椅子を汚してはいけないと思うのか「いえ、いいです、床で」と遠慮する。私としては床こそが、いちばん保護したいものなのだが。

ひとところというのがよくないのかも。小さな敷物に替え、四人がけのテーブルのそれぞれの椅子の足もとに置いてみたが、やはりだめ。皆さん敷物を避けて、床に置く。

「そりゃ当然よ」。冒頭の知人は指摘した。「ふつうは床っていったら、地面と同じようなものだもの。傷つけないようになんて発想、ないもの」。敷物があっても、何のためかわからないと。

代わりに示されたのが、かごだ。かごならば飲食店で慣れているから、そこへ荷物を入れるだろうと。

「ただし、かごが床を傷つけるかもしれないけどね」と知人。たしかに、飲食店によくあるプラスチックのかごや金属製の芯にビニールテープを編んだようなかごは、そのおそれがある。

そこで思い出したのが、「無印良品」の布製のソフトボックスだ。あれなら角が当たろうが、床の上をひきずろうがだいじょうぶそう。

無印良品（以下ムジとする）。どこの家にもここの品が何かしらあるのではと思っているのは、私がユーザーだからだろうか。無印の名のとおり、余計なロゴがなく、色も形もいたってシンプルで、どんなインテリアにもよくなじむ。商品どうし組み合わせが利き、例えばボックスは棚にぴったり収まり、ボックスの縦横高さといったサイズ展開もよく計算されており、さらには棚そのものも積み重ねや連結ができるようになっている。スペースにムダが出ず、見た目の統一感も気持ちいいので、ついムジで揃えたくなり、気がつけば家じゅうムジだらけという人も多いのでは。家そのものまでムジで建てる人もいる。ムジをこよなく愛する人をムジラーと呼ぶそうだ。

家具はムジではない私は、ムジラーとはいえないが、収納用品はよく世話になる。ポリプロピレンの衣装ケース、同じくポリプロピレンの小物ボックスや整理トレイ、スチールのかご、ラタンのかごなどだ。

中でも重宝なのがソフトボックス。商品名はポリエステル綿麻混ソフトボックスといい、四角い形に縫い合わされた生成りの布の内側がポリエステルでコーティングされ、ふちには形を保つワイヤーが入っている。側面には持ち運びしやすいよう取っ手つきだ。大小、浅い深いなどさまざまで、今数えたら十二個あった。

使い勝手もとてもよい。軽いし、その名のとおりソフトだから、中のものが出っ張っても、それなりに収まってしまう。ハードケースにはない融通性だ。使わないときはコンパクトにたたんでおけて、場所をとらないのもよい。

洗濯ハンガー、掃除道具、卓上コンロとガスボンベなど、さまざまなものを入れているが、そのうちの適した大きさのを、来客用に買っておくのはどうだろう。椅子の数は四つなので、とりあえず四個。ムジのオンラインショップに行きかける。

いや、待て。あれはけっして安くない。去年大きめのを店に買いにいったとき、「ついつい買いたくなるが、一個二千円近くするんだな」と思った。仮に一五〇〇円としても、掛けることの四は、毎日あるわけではない来客のために高すぎるような。

前にスリーコインズショップに行ったとき、今買おうとしているソフトボックスよりは小さいものだが、やはり布のボックスが三〇〇円で売っていて驚いた。千何百円のムジとは桁が違う。要らないロゴがあったり、一色でなくツートンカラーだったり、残念な点はあるけれど安いことは安い。

ムジもどきといえば、ニトリだ。ニトリは、前はおしゃれ度は落ちると思っていたが、最近の追い上げぶりにはめざましいものがある。ムジのみならず他社商品をよく研究しているようだ。私が表参道まで行ってスペイン発のインテリアショップ「ザラホーム」で買ってきた、シックなグレーの枕カバーは、ニトリにも激似で価格は半分以下の物があると後で知り「こちらで買えばよかった」と思ったほど。ハンガーもドイツの有名メーカーの品かと見まがうものを出している。ポリプロピレンの整理トレイのサイズ展開は、ムジそっくり。

ニトリのオンラインショップを覗けば、収納ボックスの素材は、ラタン、スチール、ポリプロピレン、コットンとムジのと対応関係があきらかだ。私の求める形、大きさのソフトボックスは、税込八九九円。

惜しいのは色で、生成りよりも茶に近く、持ち手は白で、ツートンカラー。ムジを愛する人がもっとも求めるシンプルさを阻害している。しかもその持ち手が、単なる布テープを両端だけ縫いつけたものであるところに、チープさが否めない。チープに買おうとしている人間が文句を言えた筋合いではないが、「こういうところで手を抜いて安くしているわけね」とみえみえなのは、稚拙に過ぎる。

健闘はしているが、私の好みではムジに今一歩及ばなかった。が、ニトリのサイトを訪ねたのはムダではない。スリーコインズショップでの感想を思い合わせて、ロゴなしでツートンカラーでないことが、条件だと確認できた。

ニトリを離れ、ショッピングの総合サイトをさまようと、その条件に合い、ムジのソフトボックスに激似のものと出会った。ニトリの失策だった取っ手も、布テープではなく、本体と同じ布で作ってある。生成り一色。サイズは、家にあるムジのソフトボックスでこれが適しているのではと思うものの縦横深さを測ってきて、商品情報と突き合わせると、なんと、深さが一センチ違うのみ。ムジから模造品だとクレームが来ないか心配になるほどだ。

価格は九九〇円。スリーコインズまではいかないが、三桁に収まる。ニトリより百円近く高いのも、取っ手の作りの差を思えば納得できる。

近く来客の予定があるので、ただちにカートに入れ四個注文した。

来客への効果はてきめんだ。椅子の下に置いておくと、私が促さなくとも、皆さん自然にバッグを入れる。敷物のときとはまるで違う。知人の助言のとおりであった。客の帰った後の床には傷が増えておらず、対策としては成功だ。

それで充分……のはずが、何か落ち着かない。四個の空のソフトボックスの残ったリビングで考える。機能的には問題ない。すると見た目？

ひとつには色かも。生成りは生成りでも、ムジのソフトボックスと微妙に異なる。ムジの方は、白地にかすかな筋の入った杢《もく》ベージュというべき色だが、こちらはより均一のベージュ。インテリアにありがちな「似せようとして違ってしまった」感がある。

もうひとつは形だ。見た目への影響は、この形のせいが大きいかも。四隅がムジは丸くカーブしているが、こちらは直角に折れている。小さな商品画像ではわかりにくかったが、実物になると妙に尖った印象で、インテリアの中で自らを主張するような。

いや、理屈はいろいろつくけれど、要するにムジのソフトボックスでないことそのものに違和感があるのだ。ムジの色、形が当たり前になっている私には、そうでないものの混在が気になるのだ。自分で思っていた以上にムジラーだったのかも。

後にムジのオンラインショップで見たら、同じ大きさのが一一九〇円であった。一個あたり二百円の違いなら、潔くこちらで買った方が満足度は高かったかも。

いっそ買い替え？　いやいや、毎日目にふれるものではないからと、自分に言い聞かせ踏みとどまっている。

自転車スタンド

自転車を買い替えた。この買い物は熟慮の暇がまったくなかった。

乗っていた自転車のタイヤが壊れ、近くの店へ引きずっていくと、修理では、すまずタイヤを交換しないといけない、タイヤは取り寄せになるので十日ほどかかる、費用も二万円はするとのこと。

自転車は日常の足、十日もなしで過ごすのはつらい。その価格なら、もう一万円と少し足せば新品が買える。他にも傷みが出てきているし、買い替えた方がいいのかも。店頭にある中から選んで、古い方は処分を依頼し、新しいのに乗って帰ってきたのである。

熟慮がはじまったのは、その後だ。

マンションの駐輪場に停めようとして気づいた。「この自転車、サイドスタンドだったのか」。一本立てで斜めに停めるタイプなのを、買う前に気づくべきだったが、そのときは走るときの操作性が乗ってきた自転車となるべく近いことで選び、停めるときのことまで考えていなかった。

前のは後輪の左右でしっかりと踏ん張る両立タイプであった。

住んでいるマンションの駐輪場には、タイヤを入れるラックはない。コンクリートの地面に、「ここからここまでがあなたのスペース」と示す白線が引いてあるだけ。奥の壁に、前輪をくっつけるように並べて置くのだが、行くとたいていの自転車が、あっち向きこっち向き傾いている。その中で、わが自転車のみが、まっすぐに立っている。

両隣もそのまた隣もサイドスタンドだ。何重にももたれかかられていると、内心「あーあ」という気分だし、引き出した後のスペースもたちまち左右からふさがれて、「あーあ」の度合いはより深まる。戻ってきたときはこれらをまた、押し分けて停めないといけないのか。

サイドスタンドなんて、つっかい棒を単に一本あてがっているようなもので、斜めになって当然、構造的に無理がある。「みんな両立スタンドにすればいいのに」と大きな声では言えないが、思っていた。その「あーあ」の自転車の主に、私もなった。

何かいい補助具はないものか。

ショッピングサイトで「自転車　スタンド」で検索すると、スマホスタンド、ペットボトルスタンド、傘スタンドまで出て買い物のじゃまをするが、それらのワードを根気強く除外し、目的に合う商品へ近づけていく。

安い順に表示し、割と早いうちに出会えた。L字型をしたフレーム二本の間に、前輪を突っ込むもの。タイヤを下からと前からの二方向で保持する点で、私がよく行くジムの有料パーキングのラックに似ている。

有料パーキングのラックは、壁と地面に取り付けてあるが、これはフレームの下にある横棒二本で支えている。その二本が地面に着くのである。

価格は七五六円と安い。安すぎて心配になるほどだ。でもレビューは高評価。投稿の中身を読むと、軽いので自転車ごと倒れそうになったが、水を入れたペットボトルを重石にしたらよくなった的な声がいくつかあり、その人たちも満足はしていたから、ちょっとした工夫で充分使えるということだろう。

商品は安いが、かさばるものだ。送料がさぞかしかかるのではと思えば、そちらの方も取り越し苦労。送料との合計で一二四八円からある。

注文に進みかけて「ちょっと待て」。かさばると言ったとおりで、サイズ的にどうなのか。高さと奥行きはどうにでもなるが、問題は幅だ。

うちのマンションの駐輪場の一台当たりの幅は、かなり狭い。隣の自転車にうっかりふれると、はしまで将棋倒しになるほどだ。体を横にし、お腹まで凹ませ、なんとかすり抜けている。

商品説明を読めば、幅は三九センチ。こういう数字はアバウトなことが多いから、念のため他のショップで同じ商品を見ると、四〇センチだったり四〇・五センチだったりまちまちだ。買うことを考えている者には、一・五センチの誤差も大きい場合があるのに。

巻き尺を持って、実際に駐輪場へ測りにいくと、白線と白線の間はなんと三二センチ！　こんなわずかな隙間に、人間と自転車とが入って、周りのを倒さず出てくるなんてアクロバットに近い。三九か四〇・五かなんて話じゃ、全然なかった。

横棒は必ず両隣へはみ出る。奥の棒は壁にくっつくからまだいいとして、手前の棒は隣の自転車を入れる際にじゃまになる。

高さのあるL字を支えるにはバランス上、ある程度の長さの横棒が必要なのか。もっと別の方式のはないか。

商品価格の高い方へとページをめくっていくと、ある！　丸っこいコンクリートの塊で、まん中に縦の割れ目があり、そこへタイヤをはさむもの。幅は二〇センチで、問題はまったくない。

しかし重さが三二キロ！　安定感は申し分なかろうが、宅配便で届いても、駐輪場まで運べないのでは。価格も一万円近くする。そこまで頑張らなくてもいいような。気分的に「あーあ」なだけで、両隣とはお互いさま。傾くことの実害があるわけではないのだ。

あきらめモードで、安い方へとページを戻していくうちに、はっと思う商品があった。L字型だが折りたたみ式。さきほどは、「私は別に持ち歩くわけではないから、折りたたみである必要ないし」と通り過ぎたが、折りたたみであるということは、そのぶんサイズもコンパクトなのでは。

商品のサイトへ行くと、幅は四〇センチで、残念ながら変わらない。

が、商品の画像のひとつに私は注目した。L字を支える横棒二本が地面に着くのは、さきのと同じだが、二本の長さはあきらかに違う。手前の方が短く、三分の二ほどだ。寸法は書いていないが、奥の棒との対比から、三二センチを超えることはないと考えられる。

前輪を受けるところは、折りたたんである二本のフレームを、起こして立てる。注目すべきは、フレームの先端に黒い突起があることだ。フレームの内側に向かい合わせに付いており、これでタイヤを挟むのでは。

商品タイトルには「簡単にさし込むだけで固定！1台用☆スプリングアーム式パーキングラック」とある。そう、有料駐輪場のラックには、タイヤを入れると、ばね仕掛けとも思えるタイミングで左右からとび出し、がしっとタイヤを挟んで閉まる黒いロックがあるけれど、あれと同じようなものなのでは。だとしたらタイヤを保持することにすぐれて、頼もしい。寸法の問題から探した商品だが、思わぬおまけがついてきた。

送料との合計が二九九九円。折りたたみでないL字型より高いけど、コンクリート製の一万円を思えば、よい買い物といえそうだ。

届いてすぐ室内で広げ、手前の横棒を測ってうなずく。余裕で置ける。「スプリング式アーム」を起こしL字型にして、駐輪場へ持っていき、自転車をさし込んでみると……さし込めない。

黒い突起が開かない、なのでタイヤが入っていかない。

室内へ戻り、商品に付いていた説明書、次いでサイトの説明を読み直す。たしかに、突起が開閉するとは書いていない。「スプリング式」って、ここのことではなかったの？　向かい合わせの突起は開閉せず、単に二本のフレームをジョイントしているだけらしい。

「パーキングラック」なる言葉から勝手に有料駐車場のロックを想像した私がバカだった。

もうひとつ、折りたたみ式である以上当然なのだが「アーム」の角度が一定しない。そして駐輪場のつくりとの関係で、すぼまる方に行ってしまう。

マンションの駐輪場は屋根があるが、奥の壁際には屋根を支える柱が数本と、それらをつなぐ横木がある。その地面に近いところの横木が問題だ。

自転車をスタンドに載せようとすると、押されてスタンドが奥へずれる。すると「アーム」が横木の下に入って、元の折りたたまれた状態に戻ろうと、タイヤを押し返してしまうのだ。もしかしてこの戻ろうとする力が「スプリング式」？　しかし自転車を受け入れてくれない自転車スタンドって……。

以来、駐輪場に置いたまま。スタンドがありながら、その前で自転車が傾いているさまは、「この買い物は失敗でした」と公言しているようなものだが、金属製品は処分が面倒で。

熟慮の割に、商品の説明の読み込みが足りない。そして使う場所の状況も、併せて確認しなければ。当たり前すぎるほどの教訓を、今回も得たのであった。

「服を買わない」その後

一年間服を買わないチャレンジが、ネットなどを通じて広がっているらしい。知人の女性もはじめたという。「だって着ていない服、いっぱいあるもの」。どきりとする。私のクローゼットはどうだろう。

はちきれそうということはなく、適正な収納量を保てている。が、それはこまめな処分によるところが大きいかも。

捨てるのをデトックスとすれば、買わないのは断食だ。捨てるのは、買いたいという欲をいったんは満たしたわけだが、こちらは欲そのものを封じることで、より苦行に近くなりそう。

自分の買い方を省みれば、そんなにムダな服は買っていないつもり。手持ちの服の八・五割は同じブランド。形があまり変わらないので、十年前のワンピースにでも、今年のカーディガンが合わせられる。「いいと思って買ったけど、着回しが利かなかった」ということがないのだ。

近くの百貨店内に、そのブランドのショップがあり、十年以上通っている。発色のきれいなワンピースが特徴だ。あるいはチュニック丈の白いシャツブラウス。それらにパンツを合わせる、カジュアルなスタイルが基本である。

シーズン中何回か足を運んで、これから出る服の中から、店の人といっしょにカタログを見て選ぶ。入荷したら連絡を受け、試着してイメージ通りだったらお買い上げ。セールが近づくと、再びカタログを見て「買わなかったけど気になっているもの、ありますか？」。ひそかに取り置きしてくれて、追加購入。そういう流れが出来上がっている。

その代わりというか、セール期間中の百貨店に行っても、そのショップであらかじめ決めたものだけ買い、他のショップには目もくれずに帰る。セールの勢いにあおられて、後から「なんで私こんな服を買ったんだろう」と思うようなことはない。その意味でも、ムダのない方だと思う。

そうした買い方をしてきて十余年。一昨年のリフォーム中は、そちらに関する出費があるので、服は買い控えていたけれど、その間もショップとの縁が切れないよう、「これこれの事情で、今は買えない」ということを、わざわざ言いに行っていた。

それらがクローゼットの八・五割を占めるとして、残りの一・五割は、そのブランド以外の服である。仕事に着ていく黒っぽいジャケット、スカート、ワンピース。パンツと合わせず、ストッキングなりタイツをはくようなワンピースだ。八・五割の方のブランドにはない、改まった服群である。

色で言うと、白シャツ群、発色きれい群、黒群の三つに、手持ちの服は大別される。それぞれの群に、ムダは本当にないだろうか？

一番目の白シャツ群。これはもうムダがないと言い切れる。家にいるときも、仕事以外の用事で出かけるときも、白シャツとデニムが、ほとんど制服と化している。

二番目の発色きれい群になると、やや揺らぐ。処分するものがもっとも多いのが、このグループだ。

さきに書いたようなペースで、シーズンごとに買っていると、そのままではクローゼットは当然はちきれる。適正な収納量を維持するためには、減らさねば。

私はそのブランドを評価してくれるリサイクルショップをみつけ、捨てずにそちらへ持っていっている。「まだ着られる」「また着るかも」は収納上のNGワードとされているが、その二つを口にしないで潔く手放す。「服を買うなら捨てなさい」といわれることの実践である。クローゼット内はすっきり、資源の循環にもなって、われながら服との賢い付き合い方ができているつもりでいた。

しかしながら手放すまでのサイクルが、とみに早くなっているような。いちど袖を通しただけとか、はなはだしくはタグ付きのものも。いくらなんでも潔すぎ。

たぶんディスプレイを見て「あっ、きれい！」、試着して「イメージどおり！」と高揚する、そのときをピークに、私とその服との関係は終わっているのだ。

家でものを書いているか仕事に出かけるかがほとんどの私は、発色のきれいなワンピースを身に着ける機会は、それほどない。クローゼットにかかっているようすを目で楽しむが、印象的な色だけに飽きも割と早くから兆し、「もういいかな。この服で得られる満足感はじゅうぶんに得たかも」とリサイクルショップ行き。

私のクローゼットをいっとき通り過ぎていっただけの服。ムダといえばムダである。

三番目の黒群はどうか。これも実はかなりムダがあるのでは。

黒には「買っておいて間違いない」という過信がある気がする。あればいざというとき役立つ、と。

実際いざというとき、なくて困ったことがある。厳寒の時期に葬儀があり、黒のジャケットが春夏のぺっらぺらなのしかなくて、「しまった。やっぱり黒は、冬用のものも買っておくんだった」と後悔し、ヒートテックを二枚重ねしてなんとかしのいだ。その経験から、シーズン終わりのセールには、とにかく黒を買っておくようにしたが、そのうちのどれだけ着用したか。

考えたらむらむらと処分したくなってきた。ないと困るといっても、「しまった」と思ったあのときだって、何も赤を着て葬儀に出たわけではない。あるもので間に合わせられたのだ。

結論としては、私も買いすぎ。知人にならい、服の断食にチャレンジすることにした。

クレジットカードの利用明細によると、いつものショップでの引き落としは三月下旬が最後だ。新作のカタログが届いたり、フェアの案内状が来たり、スタッフのひとりから退職のお知らせが留守電に入っていたりするが、心を鬼にし、禁足令を自分に布いた。リフォーム中で買わなかったときも、顔だけは出していたから、十余年間の付き合いではじめてのことだ。

シーズン中何回か見にいくのが、一年のリズムに組み込まれていたので、断つのはどれほどの意志の力を要するかと思ったが、そうでもなかった。行かないなら行かないで、一ヶ月、二ヶ月がふつうに過ぎる。

ニアミスといえる事態はあった。百貨店内の喫茶店へ仕事の打合せに行ったら、エスカレーターの向こうにディスプレイが見え、「そうだ、新年度からこの階に移転するとのお知らせが来ていたな」と。本当に行かなくなっているのだなと感慨深い。

遠目にも発色はきれいで、「相変わらずすてき」と思ったが、それ以上の誘惑にかられることはなかった。「すてきだけれど、あの服で得られる満足はもうわかっているし、同じ満足をもたらすものはクローゼットにあるのだから」。予想外に平静な心境だったのは、苦行の成果だろうか。

この調子だと、一年という目標の達成も不可能ではないと思われた。が、三ヶ月過ぎたところで、ふっと魔がさしたのだ。

夏のセールが近づいていた。ワンピースはもう要らないが、はおりものは買い足したい。夏の定番アイテムというべき白のカーディガンが、長年着てくたびれている。服断ちを私に先んじてはじめた人も、ストールやバッグといった服飾小物は許されると言っていた。手持ちの服を生かすことになり、服を買わないのを後押しすると。カーディガンは、厳密には服飾小物でないけれど、同様に考えていいのでは。ショップには三ヶ月間ずっとずっと義理を欠いている。セールのとき突然現れる、というのも気がひける。セールになる前いちど顔を出しておく方がいいだろうと考え、

「ご無沙汰しました、こんにちは」。

そこからの転落はご想像のとおり。間近で見たディスプレイはなんてすてき。きれいな色、少女心をくすぐる刺繍《ししゅう》。久しぶりの私には刺激が強すぎる。

「よかった！　今シーズンは、お好きそうなものが多いのになって思っていたんです」。長年の付き合いで、私の好みを熟知したスタッフ。そのとおりで、なんだか例年以上に、私の好みのどまん中を突くものが多いのだ。刺繍、フォークロア調の柄。選りに選って、このタイミングにこんなかわいらしいものを揃えているなんて、ずるい。

「せっかくだから、試着だけ……」って自分から申し出てどうする。着たら案外変だった、となるのを願う気持ちもひそかにあったが、幸か不幸かイメージどおり！

かくして私のチャレンジは三ヶ月と四日で途切れた。しかも三着を同時に購入。

これ以上のリバウンドがもう来ませんように。

ノイズキャンセリングイヤホン

たまたまつけたテレビで、画面に引き込まれた。「この人の悩み、私、少しわかるかも」。聴覚過敏の女性の日常を追ったもの。外出はとても疲れる、スーパーマーケットなら十分が限界という。「そう、そう！」と深くうなずいてしまった。

私にとって今までいちばん過酷だったのは、家電量販店でスマホの料金プランの説明を受けたとき。絶え間ない館内放送が耳いっぱいにわんわん響き、説明を何度聞き返したことか。手続きを全部すませて店を出たときは、頭に被ったブリキのバケツを四方八方から叩かれ続けたかのような、消耗だった。

さきのテレビで、私が画面に身を乗り出したのは、その人がイヤホンをしているシーン。女性は大学生で、授業を受けるときはノイズキャンセリングイヤホンが欠かせないという。

そういうものがあるのか！　私もほしい、今すぐにでも！　近々、新幹線での出張が予定されている。

長時間の乗り物では、音の問題はいつもネックだ。席を指定できるなら、最後列の席にする。私がいちばん気になるのは後ろの人の話し声。特に女性の高めの声だ。最後列なら、デッキでの携帯電話の声は聞こえるけれど、持続的な話し声に悩まされる心配はない。

新幹線の券売機では、画面に出る座席の図で、埋まっているところがわかる。最後列がすでになければ、席がひとつだけ埋まっている列の前にする。連れがいないということで、話し声は回避できる。全部空席の列は後から二人連れ、三人連れが座る可能性があり、グループが乗ってきて宴会でもはじまったら悲惨である。

その他の対策として耳栓を持参。これは新幹線に乗るとき以外も、常に化粧ポーチに入れている。が、効果には必ずしも満足していないのだ。

ノイズキャンセリングイヤホンが周囲の音を消す仕組みは、調べたところかなりハイテク。イヤホンに搭載されたマイクが周囲の音を拾って波形を瞬時に解析、それをなくす音を発する。波形の上下が逆の音をぶつければ、打ち消し合ってゼロにできる。

いわば音を迎撃するのだ。

ワイヤレスと有線があるようで、私の見た商品画像には、装着したところの画像がなくサイズ感がいまひとつわからないが、街で見かける補聴器よりもずっと小さい。下手すると耳の奥へと入り込んでしまうのでは、と思うほど。

目立たなさがいい。シャンパンゴールドは特に肌の色に近く「イヤホンをしています」感はほとんどなさそうだ。そう、耳栓を車内で装着するときは「うるさいんですけど」とアピールしているみたいにならないか、かなり気をつかう。耳栓はなぜか蛍光色が多く、今使っているのはイエローグリーンだ。

反面、なくしやすそうではある。安くはない商品、片方でもなくしたらつらい。

シャンパンゴールドの価格は二万円切るくらいで、メーカーはソニーであった。

しかし、とテレビを思い出しつつ考える。女性が使っていたのは有線で、つけているることがひと目でわかる。学生課などに用があって行くと「まず、そのイヤホンをとりなさい」と言われてしまうと苦労を語っていた。

逆にそうした不利益を引き受けても有線にしているのは、ノイズキャンセルの性能がそれだけ優れているからではあるまいか。

有線タイプは、ボーズの商品が支持を得ている。スピーカーのメーカーだから、さもありなん。

ノイズキャンセリングイヤホンのおすすめをまとめたサイトによると（どこまでが広告かわからないが）、メーカーとしてはこのボーズとソニーの二大対決になる、価格帯に関してはケチるな、といったことが書いてある。ボーズは三万円台、ものによっては五万円近くする。ちなみにヘッドホンだと十万円超えのも。

「安い買い物ではないな」と、まず思った。

まとめサイトで「なるほど」と思ったのは、ノイズの消え方は、機種によって癖がある、なので自分の気になる音が消されているかどうかを、実際に聞いて選んだ方がいい。

さらに、耳にはめる部分の形や大きさが、自分の耳に合わなければ、いくら性能がよくても隙間からノイズが入ってきてしまうというのは、重要な指摘であった。

店頭で現物を試さなければ。価格からいっても失敗は許されないし。

しかし、その店頭がノイズの巣窟というべき家電量販店。ブリキのバケツを被って、自分から叩かれにいく覚悟で出かけたが、売り場に並ぶ商品群を見ただけで退散した。

この多数の中から、店員さんの説明を聞いて、試聴し、比較する集中力は、とても保てまい。もう少し候補の品を絞ってから出直そう。

しかし、あの劣悪なノイズ環境は……。館内放送の声は割れ、あっちでもこっちでも絶え間なく、かつ、てんでに音を流している。オーディオ売り場に来るのは音にこだわる人だろうに、安さの爆発音と思って耐えているのか。

機種を絞り込むべく、自宅で再び調べ物をはじめたが、購入者のレビューを読めば読むほど、わけがわからなくなってきた。各機種の得意不得意、音の質がどう、低音域の響きがどうと、微に入り細にわたり、長文の傾向にある。閲覧者どうしの質問、回答のやりとりも活発で、マニアックな域に入っているものも。

家電量販店のオーディオ売り場で抱いた疑問が、少し解けた。音にこだわりのある人が劣悪なノイズ環境にどう耐えているのかと思ったが、あそこでは抑えていたこだわりや語る場のなかった薀蓄《うんちく》を、ここでこそ表出しているのでは。

むろん質問者には、高い商品を買うのだから失敗できない必死さがあろうが、答える方の熱意には、親切を超えたものを感じる。その道に詳しくない私は、たちまち脳の情報処理力の限界に達した。

落ち着いて考えてみれば、私は何も音楽を鑑賞するわけではない。ノイズキャンセルが目的だ。ステレオ機能はなくてよく、その方が価格もうんと下げられるのでは。

加えて、レビューで気になるのは、人の声、それも高音域の女性の声は割と通すということ。レビューによくあるシチュエーションは、機内で飛行中のノイズに煩わされずに音楽を楽しめ、キャビンアテンダントの声は聞こえる、というもの。それはそれで目的に適っていようが、私がいちばんキャンセルしたいのは、人の話し声、わけても高音域のそれなのだ。

低音域から高音域までまんべんなくボリュームを下げたいならば、耳栓の方が適している、との指摘を読んで、どきりとした。突然アナログになるが、理には適っている。ならば、最強の耳栓はどれ？

耳栓の遮音性には数値があって、アメリカ合衆国環境保護庁の定めたノイズリダクションレイティング、略してＮＲＲなる規格があり、単位はデシベル。数値が高いほど優れているわけだが、イヤーマフではなくいわゆるふつうの耳栓で、最高値を誇るのは、モルデックス社の製品とのこと。アメリカでは軍隊にも採用されているほどの信頼度で、ＮＲＲ三三デシベルは、同じウレタン製商品の中でもシリコン製との比較でも、向かうところ敵なしという。

形は哺乳瓶の吸い口に似た、耳栓としてはごく一般的なものだ。色はさまざまで、軍隊を思わせる迷彩柄や、蛍光色のオレンジ、イエローグリーン……ん？　画面に目を近づける。これ、私がいつも化粧ポーチに入れているのと同じでは？

洗面所へ行き、買い置きしてあるパッケージを見れば、まさしくモルデックス社。「えーっ、そんな、高性能とは思えないけど」。この前の出張の車内でも、話し声をかなり通していた。

もしやと思い、パッケージから取り出した新品を装着すれば、指でつぶして挿入したところが、じんわりと中でふくらみフィットする。ウレタン素材に備わる低反発の力でもって、元に戻り、耳の穴との間をふさぐのだ。化粧ポーチの方のを着けてみれば、復元力があきらかに衰えている。

調べるとウレタンの耳栓は、基本、使い捨てだという。洗って使っても、せいぜい十日で交換すべきと。私はたぶん一ヶ月以上持ち歩いている。それだと、劣化で性能が落ちるのみならず、衛生的にも問題。耳栓の汚れが炎症などの原因になり得るとのこと。怖い……。

ノイズキャンセリングイヤホンは止めて、前から使っているのと同じ耳栓を、頻繁に交換するようにした。目新しげなものに飛びつく前に「正しく使え」という結論に、今回もなる。

購入した耳栓は、五ペアにケースが付いて二三〇円。当初覚悟したよりも、桁からして違う出費で済んだことをよしとしよう。

スカートがキツイ！

「ネイビーのスカートが要るな」。会議を終えて、つくづく思った。スーツであるべきところを、ネイビーのワンピースで代用し、ジャケットの前を下まで閉めてごまかしていたが、やっぱり不便。同様のことがしょっちゅうだ。

他の服に増して着用感がだいじなアイテム。会議は長時間に及ぶから、座っていて楽なことが絶対に必要だ。これだけは店で実際にはいてみてと思ううち、何年も経ってしまった。意を決し通販で探すことにした。

過去に購入して着用感のわかっているブランドがいい。

ひとつ候補がある。大人向けのきれいめのブランドで、前に買ったスカートのはき心地がたいへんよかった。丈は流行のない膝丈で、タックが入っているため腰回りにゆとりがある。柄物なので会議には適さないが、出張には何度か着ていき、新幹線で京都まで三時間近く座っていても、全然きゅうくつでなかった。さりとてゆる過ぎもしない。

ブランドの公式サイトを訪ねると、おっ、イメージどおりの品がある。ネイビーの無地のタックスカート。生地は化繊でほどよい厚みとハリがあり、これから通年で、いろいろなオケージョンで着られそうだ。しかも半額。まだ売られていることや生地が透けるほどの薄さでないことからして、夏のはじめに出たものではと思われる。半額でも一万二九六〇円。もともとが安くない品なのだ。

タックの入り方や、マネキンがはいたときの形からして、前に買った柄物のスカートとまったく同じ型紙を用いていると思われる。ならばサイズは40だ。

サイズ設定は38、40、42。柄物スカートのときは、このブランドで買うのははじめてだったので、きゅうくつなのを何よりも嫌う私は、安全策として42にした。が、それは失敗。ウエストもヒップも余ってずり下がり、タックの出方も全体のラインも崩れてしまう。「大は小を兼ねる」がよいとは限らないのだ。

40に交換し、その後の活躍ぶりとはき心地のよさは先述のとおり。「これがこのブランドにおけるマイサイズ」との確信を得た。

迷うことなく40をクリック。一か八か賭けてみるという、通販につきもののスリルはないが、こういう余裕の買い物もたまにはいい。

けれども、えっ、在庫なし？ 今の今まであったのに。油断できないセール品。私同様狙っていた人がいたのか。

こうなると後に退けない。ファッションの販売サイトで、このブランドを扱っているところを次々覗くが、どこも櫛《くし》の歯が欠けるように40は在庫切れ。ネイビーの40が残っていたのはZOZOTOWNであった。

ZOZOTOWNか。躍起になっていた心にブレーキがかかる。四〇代の男性社長が何かと世間をお騒がせだ。豪華なデートの写真をインスタにアップしたり、自家用ジェットの内装がエルメスであるのを公開したり。別に自分の夫ではないから品行は問わない、しかし買い物をする際、社長の顔が思い浮かんでしまうというのは、どうも……。

ZOZOTOWNに限ったことではないが、企業は慈善事業ではない以上何らかの収益を上げているはずで、「この人を儲けさせるのか」と思うと、購買意欲が減退してしまうのだ。これまでのZOZOTOWNでの私の買い物も、エルメスの内装一センチ四方くらいにはなっているかも。

　また、こまかい話で恐縮（社長にではなく読者に）だが、ＺＯＺＯＴＯＷＮはいくら買っても送料がつく。他のサイトは五千円以上、あるいは一万円以上の商品だと送料無料になるところが多く、一万二九六〇円のスカートは、その条件を立派にクリアしているのだ。送料分をみすみす社長に貢ぐのも……。

　しかしこれまでの経験でも、ＺＯＺＯＴＯＷＮは商品の種類も数も、悔しいけれどやっぱり豊富。モノも人も勢いのあるところに集まるのか。私もやむなくＺＯＺＯＴＯＷＮで購入した。

　スカートが届いて、うん、生地も形もイメージ通り。ところが試着し「えっ、きついんですけど!?」。入らなくはない。ファスナーも上まで閉まる。が、閉め終わって気を抜いたとたん、お腹の贅肉《ぜいにく》がスカートのウエストに乗る。

「違うサイズのを送ってきたんじゃないの」。タグを見れば、たしかに40。「えーっ、寸法が違うくせに40なんて、適当なサイズ表示しないでよ」。クローゼットから柄物スカートをとり出し重ねてみると、ウエストはぴったり同じであった。

　ということは、私が太ったの？　この柄物スカートで新幹線に乗り、京都では和食のコースまで食べた。満腹で苦しくなり胃薬を飲んだが、スカートのファスナーをゆるめることはなかった。たった半年前のこと。この間運動はよくしているのに、要するに、歳ってことでしょうか。

知人の女性が親の葬儀でしばらくぶりに喪服を出してみたところ、スカートがきつくて全然はけなかったと嘆いていた。親を亡くした悲しみはむろん、そこに至る間にも、老いた親を持つ身にありがちな、実家との往復、介護や治療をめぐるすったもんだなど、心労はいかばかりだったことか、なのに痩せない。

慌ててネットで買おうとすると「喪服は頻繁に着るものではないので、サイズが変わっていることがよくあります」との注意喚起がしてあったという。「喪服あるある」なのだ。結局、買うのは間に合わないので、ファスナーを微妙に下げて着たという。他ならぬ親の弔いなのに、ファスナーを気にして集中できないのは、哀しすぎる。

喪服のジャケットとのセットに、スカートでなくワンピースの多いわけが、こうなるとわかる。スカートよりはまだ、ウエストの変化に対応できる。「ワンピースだとクリーニング代がかかるから、別々の方がよくない?」と私は思っていたが、向こうの方が上手《うわて》だった。

感心している場合ではない。わがスカート問題をどうするか。さすがZOZOTOWN、42もまだ在庫がある。だがセール品のつらさ、40の方との交換や返品はできず、新たに買い直すことになる。

そこですがったのが「買い替え割」だ。レジへ進むと案内が出る。ZOZOTOWNで購入したものから、下取り対象アイテムと価格が示され、クリックするとその分を差し引いた金額で買い物できる。

買い直しのダメージを最小限に抑えたい私は、対象の中で売ってもいいと思うものをかき集めて申告。昨冬から春までに買ったブラウス三点で、それぞれ一九〇〇円、一八〇〇円、一五〇〇円。この三点で、今回の買い物を七九六〇円にまで下げられた。40のスカートは下取り対象アイテムにはなっていなかった。買ったばかりで、システムが追いついていないものと思われる。

下取りに出すアイテムは、今回買った品とともに送られてくる袋で返送する。事前申告していない品も、その際入れることができる。着いてから査定し、金額をメールで知らせてくるしくみだ。40のスカートも入れてしまおう。いくらになるかわからぬが、三点のブラウスよりも最近の品。しかも未使用、タグ付きと、ブラウスよりも状態はいい。もとの価格もブラウスの倍以上はする。さらに高い値のつくことが期待できる。

他に、よそのサイトで購入したがZOZOTOWNでも販売されていたブラウスを二点。袋に同封されてきたチラシに、ブランドバッグも買い取り強化中とあったので、ケイト・スペードのバッグも、損失補填したい一心で追加。メールで知らせてくる査定額を承諾すれば、そのぶんはポイントで還元される。果たしてどれくらいになるかしら。

来た！　記された数字に目を疑う。五百、六百？　一万二九六〇円のスカートが、何シーズンも前の中古でなく、今現在サイトで販売中の品が、試着しただけでこの下落？

五百か六百か正確なところを調べようとしたが、承諾をクリックした後は、内訳を読めなくなっていた。追加した四点のうちケイト・スペードのバッグだけが六千円と、突出して高く、他の品は桁からして違ったのを覚えている。それでも「五百円なら返して下さい」という気にはなれない。40で失敗した無力感がベースにあり、その上、承諾しない場合に送料とか返送料はどうなるかと考えるのも……。

次にZOZOTOWNで買い物しようとしたとき、下取り対象アイテムに件の40サイズのスカートも出た。だーかーら、もう送ったでしょう。しかも価格は二二〇〇円。もう何を信じていいのか。

もっとも信じてはいけないのがマイサイズ。「半年前の私はもういない」と心しておこう。

買い物をするもう一つの理由

仕事で知り合った年上の女性のお宅へおじゃました。事務所兼自宅がうちから近いと聞いて。

訪ねて驚く。インテリアの趣味が、まるで私。家具はむろん、花柄のゴブラン織りの椅子の張り地、レースで縁どられたカバーリングの布類といった小物まで。

紅茶を淹《い》れたカップも、イギリスのとある老舗《しにせ》の陶磁器会社のものとすぐにわかった。私も前からひかれていたのだ。「あの会社、たしか資本が変わったんですよね」「そう、買うならその前の方のがいい。うちのもアンティーク」。たしかに、同じ柄でも今店に出ているのは、いかにも機械印刷の感じだが、これは手描きに似た風合いがある。

家を辞すときは決めていた。帰ったらヤフオクで探そう。会社名と「アンティーク」を検索ワードに。しかし、ない。会社名を知らずに出品している可能性もある。「アンティーク　陶磁器　イギリス」で再検索したが、これだとあまりに多すぎて、その日はそこまでとした。

数日後ネットで別の調べ物をしていると、脇に商品画像が出ては消える。検索履歴からの推測で「こんなの好きでしょう」といわんばかりに、ヤフオクがちらつかせるのだ。

中に、キーボードの手を思わず止めてしまうものがあった。アンティークの陶磁器のブローチだ。古色を帯びた金の楕円《だえん》の枠内に、白地に青紫で勿忘草《わすれなぐさ》が描かれている。かわいい……。

アンティークのブローチには十年ほど前にはまった。ヤフオクの私の取引履歴はいまや百件くらいだが、そのときにはじめた。陶磁器の手描き、ガラス細工、人造石など、いろいろ買った。同一の出品者のものが多かった。「おばあちゃんの宝箱を開けたときの、わあっという気持ちが忘れられず」云々と自己紹介にあり、あの感じを共有できる人なのだとうれしくなった。私の場合、祖母ではないが母の簞笥《たんす》の小抽斗《こひきだし》を覗いては、親戚からの土産物とおぼしき船来品のブローチや、絹の刺繡《ししゅう》のハンカチーフに、「世の中にはなんてきれいなものがあるのだろう」とわくわくしたものだ。

出品者とは何か通じ合うものがあり、評価はいつも好意的だった。ヤフオクをご利用でないかたに説明すると、取引の後に出品者と落札者は互いに、良し悪しを評価しコメントとともに公開する。「非常に良い」「良い」から「非常に悪い」までの五段階。コメントは定型文が用意されているが、自分で書くこともできる。

今回のブローチの出品者は別の人だが、過去の取引では「非常に良い」と「良い」が九九・九パーセントで、限りなく信頼できそう。説明も丁寧で「写真をよくご覧になり、ご納得の上ご入札下さい。何なりとご質問下さい」とある。ヤフオクには質問欄があり、入札前でもそこから連絡できるのだ。

私はすぐにも入札したいが、商品画像で花びらに白っぽいところのあるのが気になる。商品説明には「状態　経年劣化・擦れ・傷：なし」とある。「経年劣化も擦れも傷もなしの状態」と読んでいいのか「経年劣化と擦れはある状態、傷はなし」か。四八〇〇円と安くはない商品、念のため確認しよう。何なりとのお言葉をありがたく受け止め、質問欄へ送信する。「画像上、右の花びらが白く擦れたように見えるのは、色剥げでしょうか、光の反射でしょうか。恐縮ですが教えて下さい」。

次の日、回答が来た。それまたたいへん丁寧だ。「画像の不備がありまして申し訳ありません。光の反射によるもので、色剝げはありません」。お詫びを言われてますます恐縮。い、いいえ、安心して入札するためお尋ねしたまでで。入札へ進むと「この出品者のオークションへの入札はできません」。ええーっ、なぜ？　はじめて遭遇するケースだ。

ヘルプを読むと、ブラックリストに登録されると入札できないとある。ブラックリスト!?　細かいことにクレームをつけてきそうな、または商品説明をよく読まない人と判断されたか。それともいたずらの質問と？「入札を希望している者ですが」とひとこと入れればよかったのか。釈明しブラックリストを解除してもらおうと、唯一の連絡ルートである質問欄へ送信すると、それも拒否。ヘルプによると、ブラックリストに登録されたら、入札のみならず質問もできないという。意味わからない。質問して下さいとあるから質問したら、いっさいの関わりを謝絶されるとは。

良い評価が九九・九パーセントという数字のマジックを感じてしまう。ちょっとでもリスクがあると判断した人は、事前にことごとく排除することで、保っている数字なのか。ブラックリストにいくら人を登録しても、自らの評価は下がらないしくみなのだ。

登録された方としては、割り切れない。「私があなたに何をした？」。細かいことを聞かれて、煩わしかったかもしれないが、ただちにブラックリストに入れないで、私の評価をひと目見てほしかった。過去の取引では百パーセント「非常に良い」。コメントもクリックひとつで付けられる定型文にとどまらず「たいへん迅速で、丁寧で、間違いなく信頼できる落札者様です！」など、わざわざキー入力で言葉を重ねているものも。にもかかわらず……。積み上げてきた信頼が音を立てて崩れる思い。

忘れるべく努力し、夜、パソコンで作業しているとメールが入った。ヤフオクからで「ウォッチリストに登録されたオークションの終了時間が迫っています」。私は入札したいんですけど。先方がさせてくれないんですけど。

別の日、ネットで調べ物をしていると、同じブローチの画像がまたちらつく。だーかーらー、私には終わった商品なんですから、向こうに売る気がない以上、私とは何の関係もないんですってば。

ざわつく気持ちにケリをつけるには、これを超える商品と出会って幸せを手に入れるのがいちばんだ。そう考えヤフオクへまた行き検索した。「陶磁器、手描き、ブローチ」「陶磁器、ハンドペイント、ブローチ」「アンティーク、陶磁器、ブローチ」……。検索ワードの組み合わせの無限の中へ陥りかけて、踏みとどまる。本当に私はそれがほしいのか？

着ければすてきだろうと思う服はいくつかある。が、果たしてどれくらい活用するか。かつてアンティークブローチにはまったときも、実際の出番はほとんどなく、やがて多くを持っていることがプレッシャーになり、数点を残して処分した。

私にとってアンティークブローチは装身具の用はない。あるのは、小さな楕円の中の完結された世界への憧れなのだ。その憧れは、抽斗《ひきだし》にしまってある数点を、ときどき眺めれば満たされるはず。「見ればこんなにうれしいのだから、もっと」の方へ心が動き出したとき、憧れは欲に変質する。

憧れをもっと掘り下げれば、私のひかれるのは手をかけて作った感じや時を経た感じ、懐かしさのあるものだ。ブローチに限らず器、家具、インテリア小物も。それはおそらく幼い頃への郷愁。幼いなりの悩みや不安はあったけど、現実社会からは今よりはるかに守られていた。

冒頭に書いた、私と趣味を同じくする女性は、家を要塞とも城とも喩《たと》える。外に出れば戦闘モード。別に人と争うわけではないけれど、精神は緊張状態にある。家ではゆるめてバランスをとると。その分析はうなずける。好きなものを目にしていたい、きれいなものにわくわくしたい。現実逃避の面はある。若いときから忙しいときほど、買い物をした。時間がないはずなのに、移動中に通りかかった店で衝動買いをした。店で買っているうちは営業時間という制約があったが、ネットショップは二十四時間の買い物を可能にした。

受注メールを後から見ると、午前二時台が多い。仕事のメールの対応を済ませた後、ひとしきりきれいなものを見るのが、寝る前の癒《いや》しとなっている。週末だけ通いで介護をしていた頃は、日曜の深夜家に帰るとすぐには眠れず、フィギュアスケートの動画を見て心を落ち着かせていた。銀盤の上、きらきらした衣装でオルゴール人形のように回る少女。

違うのは、深夜の買い物は何か自分を追い込んでいくというか、これぞと思う商品にたどり着き注文まで終えないことには収まりのつかないような心理状態になるところだ。でも実はその商品がなくたって、どうってことないのだ。支障も欠落感もなく、日常生活は回っていく。ブローチなんてその最たるものだ。

使わなくても買うことで、精神のバランスのとれるものはたしかにある。その意味で役に立っており、まったくの無駄とは思わない。私はまた、そういう買い物をしてしまうだろう。でもほどほどに、振り回されぬようにしなくては。癒しのはずの買い物が、そのために心がざわついては本末転倒ではないか。

ブラックリストへの登録は、立ち止まってわれに返るきっかけとなった。そう考えることにする。

＊本書に登場する商品の記述は、著者の体験に基づくものであり、あくまで個人の感想です。
また、本文中で紹介されている商品の価格は連載当時のものです。

本書は、二〇一九年八月に小社より刊行された単行本を文庫化したものです。

双葉文庫

き-25-07

「捨《す》てなきゃ」と言《い》いながら買《か》っている

2022年6月19日　第1刷発行

【著者】
岸本葉子《きしもとようこ》

【発行者】
島野浩二
【発行所】
株式会社双葉社
〒162-8540 東京都新宿区東五軒町3番28号
［電話］03-5261-4818(営業部)　03-6388-9819(編集部)
www.futabasha.co.jp（双葉社の書籍・コミックが買えます）
【印刷所】
大日本印刷株式会社
【製本所】
大日本印刷株式会社
【カバー印刷】
株式会社久栄社
【DTP】
株式会社ビーワークス

【フォーマット・デザイン】
日下潤一

ISBN978-4-575-71492-0 C0195
Printed in Japan